Kri

Im Sonnenland

Verlag der
Francke-Buchhandlung GmbH
Marburg an der Lahn

[redacted]

Lizenzausgabe mit freundlicher Genehmigung des
Brunnen Verlag, Basel

CIP-Kurztitelaufnahme der Deutschen Bibliothek
Roy, Kristina:
Im Sonnenland / Kristina Roy. – Marburg an d. Lahn: Francke, 1984.
(Edition C: H; Nr. 21)
ISBN 3-88224-389-9
NE: Edition C/H

Umschlaggestaltung: Gudrun Wagner
Gesamtherstellung:
St.-Johannis-Druckerei C. Schweickhardt, 7630 Lahr-Dinglingen
Printed in Germany 20179/1984
Edition C, Nr. H 21

«Für einen Gotteslohn»

Nach einem langen, strengen Winter, mit viel Schnee und Eis, war endlich der schöne Frühling gekommen. Wohl niemand freute sich so sehr darüber wie der kleine Palko* Juriga. Gleich einem Vöglein, das, dem Käfig entronnen, fröhlich seine Schwingen regt, so lief er aus dem Dorf hinauf in die Berge, in seine geliebten Berge. Ach, in der alten, dumpfen Hütte, deren kleine Fenster nicht nur vom Herbst bis zum Frühling fest verschlossen, sondern sogar bis zur halben Höhe mit Heu verstopft waren, war es für das junge Herz so eng gewesen!

Der alte Paul Juriga, nach dem die Leute Palko nannten, war weder sein Vater noch sein Großvater. Aber er hatte ihn herzlich lieb. Der alte Paul fristete sein Leben als Siebmacher in den Bergen. Er hatte dort seine Hütte, die jedes Jahr ein wenig instand gesetzt wurde und ihm nun schon seit dreißig Jahren diente. Früher hatten seine Söhne mit ihm darin gewohnt, aber sie waren längst aus dem alten Nest ausgeflogen, und der Alte nahm seitdem gewöhnlich als Mitbewohner einen von den Leuten zu sich, die Holz kauften und daraus allerlei Geräte verfertigten.

So hatte vor zwei Jahren ein alter Mann aus dem Waagtale, namens Razga, mit Juriga zusammengewohnt. Er hatte

* Paul

einen kleinen Enkel mitgebracht. Aber die Arbeit und auch die rauhe Gebirgsluft taten seiner Gesundheit nicht gut; er hustete viel und konnte nur wenig arbeiten. Der Knabe bediente ihn wie ein gut abgerichtetes Hündchen: er kochte ihm Suppe, suchte Pilze und schleppte Feuerholz herbei.

Schließlich wurde Razga bettlägerig. Und da sagte er eines Tages zu Juriga:

«Höre, Paul, du hast auch niemanden auf der Welt, ebenso wie mein Junge. Ich werde wohl nach Hause fahren müssen, um dort zu sterben. Den Jungen will ich aber nicht mitnehmen, denn ich fürchte, daß er es nach meinem Tod dort nicht gut haben wird. Laß ihn hier bei dir, er kann dir nützlich sein. Tue es um einen Gotteslohn.»

«Meinetwegen!» Paul fuhr mit der Hand in seine dichten, grauen Haare, die ihm bis zur Schulter herabfielen. «Den Jungen will ich schon behalten; aber was werden seine Eltern dazu sagen?»

«Ach, weißt du, Paul, der Junge ist gar nicht mein Enkel. Ich weiß nicht, ob er irgendwo noch Eltern hat. Meine verstorbene Tochter ist auf wunderbare Weise zu diesem Kind gekommen. Das muß ich dir erzählen. Leg ein wenig deine Arbeit fort und setz dich zu mir.»

Der Alte gehorchte, und was Razga ihm erzählte, blieb ihm bis zum Tod unvergeßlich.

«Eines Tages war meine Tochter Anna Pilze suchen gegangen. Da war es ihr plötzlich, als hörte sie das Weinen eines Kindes. Nun, du kennst die Frauen, wie sie furchtsam sind. Immer denken sie, der Böse wolle ihnen etwas in den Weg legen. Daher ging sie nicht hin. Aber das Kind weinte immer mehr. Sie hatte daheim zwei eigene Kindlein. So entschloß sie sich endlich, in Gottes Namen ins Dickicht einzudringen. Und was sieht sie? Ein kleines zwei- oder gar nur anderthalbjähriges Knäblein im Hemdchen, mit bloßem Köpfchen, trippelt barfuß den Weg entlang und ruft weinend nach Wasser. Wie und woher es in diese einsamen

Berge gekommen war, wer es verloren hatte, darauf konnte es keine Antwort geben. ‚Mama!' lallte es. Anna nahm das Kind auf den Arm. Sie trocknete ihm die Tränen ab, gab ihm Wasser und Brot – zum Glück fand sich eine Brotrinde in ihrer Tasche –, und es aß und trank nach Herzenslust. Dann schlief es auf ihrem Arm ein. Sein Hemdchen und seine Haare waren feucht; es mußte wohl die Nacht im Wald zugebracht haben. Mehr als einmal mußte ich schon denken: Wer hat es wohl zugedeckt? Wer hat es vor den Tieren des Waldes behütet? – Bei uns gibt es so viele Wildschweine.»

«Die Kinder haben eben einen Schutzengel», bemerkte Paul und trocknete verstohlen die Tränen, die über seine runzeligen Wangen glitten.

Die beiden Alten schwiegen einen Augenblick und stellten sich das kleine, in den Bergen umherirrende Kindchen vor, wie es, von der Nacht überrascht, sich in Schlaf weint, das goldgelockte Köpfchen in die moosigen Kissen legt und schläft – fern von seinem Mütterchen.

«Und was geschah weiter?» forschte Paul.

«Anna nahm das Kind und brachte es nach Hause. Wir gaben die Sache auf dem Gemeindeamt bekannt für den Fall, daß jemand das Kind suchte, aber vergebens. Anna hatte vor kurzem ein eigenes Knäblein namens Palko begraben, daher gab sie nun dem kleinen Findling diesen Namen.

Mein Schwiegersohn sagte nichts dagegen, er war damals noch ein ordentlicher Mensch. Aber als der Knabe fünf Jahre alt wurde, starb Anna. Eine zweite Frau kam ins Haus, und die war nicht einmal Annas Kindern eine gute Mutter. Der fremde Knabe war ihr vollends ein Dorn im Auge. So habe ich mich seiner angenommen. Ich habe ihn sogar zur Schule geschickt, eigentlich nur zum Zeitvertreib, damit er daheim nicht im Weg sei; und der Knabe lernte, daß es eine Freude war. Den nächsten Winter konnte er schon lesen. Vielleicht hat er irgendwo in der Welt kluge Eltern.

Aber wenn ich nun sterbe, würde man ihn gewiß irgendwohin als Gänsehirten verdingen, und er würde alles wieder vergessen. Laß ihn bei dir, Juriga, du wirst einmal später eine gute Hilfe an ihm haben! Aber ich muß immer denken, daß sich eines Tages seine Eltern doch noch melden werden. Dann kannst du ihnen wenigstens sagen, daß er es bei uns gut gehabt hat. Was wir hatten, haben wir mit ihm geteilt. Und als meine Enkelkinder bei der Stiefmutter böse Tage hatten, als mein Schwiegersohn sich dem Trunk ergab und alle mißhandelte, habe ich Palko immer beschützt. Behältst du ihn, Juriga?»

«Ja, Razga, ‚für einen Gotteslohn'! Auch zur Schule will ich ihn schicken. Über den Sommer kann er hier bei mir sein und das Handwerk lernen. Wenn ich dann eine kleine Hilfe an ihm habe, gebe ich das Siebmachen auf und verfertige Löffel und Schaufeln.»

So war denn Razga heimgefahren, um nie mehr wiederzukehren, und der Knabe war bei Juriga geblieben. Erst hatte er bitterlich um den Großvater geweint; aber da er einen guten Ersatz bekommen hatte, wurde das Kinderherz bald wieder fröhlich. Nach anderthalb Jahren war es dem Alten und dem Kind, als wären sie ihr Leben lang beisammen gewesen. –

An diesem Frühlingstag lief Palko fröhlich den Berg hinauf, um die Hütte zu reinigen und sie, so gut es eben ging, herzurichten. Auf dem Rücken trug er in einem Bündel etwas Wäsche, einen Laib Brot, ein paar Zwiebeln, ein Stückchen Selchfleisch und etwas Salz in einem Papier. Auch ein paar Kartoffeln waren dabei; die übrigen sollte Großvater in einem Sack bringen. Über die Schulter hatte er Großvaters Werkzeuge gehängt, und in der Hand trug er einen Krug. Mit diesen Schätzen beladen schritt er so stolz und fröhlich einher wie ein königlicher Prinz. Den blonden Lockenschopf bedeckte ein ganz verbogener, runder Filzhut. Ein kleiner, ehemals weißer, blau verschnürter Mantel hing ihm von der Schulter herab. Beinkleider und ein Hemd mit weiten Ärmeln aus grober Leinwand, gut verschnürte Sandalen* an den kleinen Füßen, ein schwarzer Ledergürtel mit gelben Beschlägen** vervollständigten die Kleidung des kleinen Jungen. Und die großen, dunkelblauen Augen strahlten in jugendlicher Freude. «O Freiheit, Freiheit, Freiheit, wie teuer bist du uns!» hätte er wohl gesungen, wenn er das Lied gekannt hätte.

«Hallo!» rief er in die Berge. – Hallo! hallo! hallo! tönte es zurück.

«Juhe!» – Juhe! antwortete das Echo.

Der Knabe lachte fröhlich, und das Echo in den Bergen lachte mit.

«Willkommen, mein Junge! Seid ihr schon da?» ertönte eine Männerstimme. Es war der Holzhauer Lischka, der den Weg entlang kam.

«Willkommen, Onkelchen!» Der Knabe reichte dem alten Freund die Hand. «Ich bin dem Großvater vorausgelaufen, um unsere Hütte herzurichten.»

«Es ist wirklich ein Wunder, daß der Schnee sie nicht umgeworfen hat; sie steht fest. Nun, Gott geleite dich, mein Junge! Ich gehe zum Waldhüter!»

«Id'e zdravi!» – «Bleibt gesund!»

Je höher der Knabe stieg, desto zahlreicher wurden die Hütten der Holzarbeiter. Aus einigen stieg Rauch empor, ein Zeichen, daß sie bereits bewohnt waren. Andere waren noch leer, und einige lagen sogar am Boden und trugen noch Spuren von Eis und Schnee.

Dann ging es über Bäche, die hoch angeschwollen waren. Der Wald grünte erst an einzelnen Stellen, da, wo Nadel-

* Bockori = Bundschuhe

** Slowakische Nationaltracht

bäume standen. Die Laubbäume hatten noch kaum ausgeschlagen.

Endlich war der kleine Wanderer am Ziel. An einer Biegung zwischen grünen Föhren stand die Hütte – ihre Hütte. Die Augen des Knaben leuchteten. Obgleich dieser Palast nur aus Baumstämmen und Lehm erbaut war, schien er ihm herrlich zu sein. War doch die Hütte sein Daheim! Alles stand so, wie sie es im Herbst verlassen hatten.

Der Knabe nahm einen Rutenbesen zur Hand, fegte damit den Lehmboden und richtete in der Mitte der Hütte die Feuerstelle her. Dann schleppte er einen kleinen Vorrat von Holz und Reisig herbei und legte die mitgebrachten Sachen an ihren Platz. Zuletzt lief er zur nahen kristallhellen Quelle und füllte den Krug mit Wasser.

«Recht so, mein Junge! Nun, Gott segne uns! Da bin ich auch!» begrüßte ihn der Großvater in der Hütte.

Zusammen richteten sie die mitgebrachten Kartoffeln her und stellten den Dreifuß und den Kochtopf aufs Feuer.

«Koch eine Suppe, mein Junge! Ich habe nicht weit von hier schönes, trockenes Laub gesehen, das will ich holen, um uns ein gutes Lager zu bereiten.»

Munter knisterte das Reisig; der Schein des Feuers beleuchtete das eifrige Gesicht des kleinen Kochs. Im Nu brodelte das Wasser im Topf. Der Knabe gab Salz, etwas Kümmel und Zwiebel dazu, schnitt trockene Brotrinden hinein, und als alles kochte, stellte er den Topf beiseite.

«Großvater! Großvater, die Suppe ist fertig!»

«Gleich, mein Junge!» war die Antwort.

Nach einer Weile brachte der Alte keuchend das Bündel Laub herbei und warf es in den fernsten Winkel der Hütte. Schweißtropfen standen auf der runzeligen Stirn.

«Das ist verd . . . . schwer!» fluchte er garstig. Dann zog er zwei Holzlöffel aus seinem Mantel, bekreuzte sich, und sie aßen die Suppe nach Herzenslust. Zwar hätte man in keinem Kochbuch das Rezept für diese Suppe gefunden, aber den beiden schmeckte sie dennoch herrlich.

Dann bereiteten sie sich ein behagliches, weiches Lager aus dem gesammelten Laub und bedeckten es mit einem großen, groben Leinentuch. Die Sonne stand gerade senkrecht über den Bergen – ein Zeichen des Mittags –, so legten sie sich denn zur Ruhe nieder. Der Knabe warf ein altes Lammfell über den Großvater, hüllte sich in seinen Mantel, und ehe man bis fünf gezählt hatte, waren beide eingeschlafen.

Das Feuer brannte inmitten der Hütte. Der Rauch stieg durch die oberste Öffnung gleich einer Opfersäule empor. Die Tannenzapfen dufteten.

Draußen lag ein Frühlingsduft über der ganzen Landschaft. Im Frühling duftet ja alles: die Erde, das Wasser, das Gras, die Bäume, kurz alles. Die Natur gleicht einem Kind, das die Mutter morgens nach dem Erwachen mit wohlriechender Seife gebadet hat, um es dann sauber und frisch in ihren Armen zu wiegen.

Frühling – Auferstehung! kündeten Himmel und Erde. Nur die beiden Menschenkinder dort in der alten Hütte lagen in tiefem Schlummer; und alles in ihnen schlief: Leib, Seele und Geist – alles. Wer wird sie aufwecken?

Palko und die Holzhauer

In den Bergen herrschte bald ein reges Treiben. Vom frühen Morgen bis zum späten Abend tönten Axthiebe von den Bergen ins Tal hinab. Dazwischen das krachende Stöhnen der gefällten, zu Boden sinkenden Bäume, das scharfe, durchdringende Geräusch der Säge, die das Holz durchschnitt, das Brechen der Äste und das lärmende Aufschichten des Holzes. Dazwischen menschliche Stimmen.

Oh, wären die letzteren doch nicht zu hören gewesen! Wieviele grobe, fluchende, schmutzige Worte wurden laut, sei es im Scherz oder im Ernst!

Alle Hütten bekamen in kurzer Zeit ihre Bewohner, und in allen wohnten teils böse, teils unwissende Menschen. Sie arbeiteten wie die Pferde; von Zeit zu Zeit betranken sie sich sinnlos; sie lebten eben dahin wie Tiere ohne unsterbliche Seelen und verübten oft schlimmere Taten als das unwissende Vieh. Es waren wohl auch wackere, anständige Leute unter ihnen; zu diesen gehörten Juriga und Lischka. Zwar tranken auch sie; denn was hätte – so sagten sie – der arme Mann, wenn er nicht hie und da einen Schluck trinken könnte? Sie betranken sich aber wenigstens nicht. Manchmal entschlüpfte ihnen wohl ein Fluch – das gehörte eben mit zum Leben eines Holzarbeiters. Aber von den anderen wurden sie für besser gehalten, und sie selbst hielten sich auch dafür.

Der einzige, dem niemand von den rohen Leuten zu nahe trat, war Palko. Der Knabe war das einzige Kind unter lauter Erwachsenen, und sie alle betrachteten ihn als einen gemeinsamen Schatz, den man hüten mußte. Palko diente allen nach besten Kräften: er holte Wasser, teilte mit allen die gefundenen Pilze, kochte bald diesem, bald jenem eine Suppe. Der Großvater brauchte nicht für Palkos Brot zu sorgen; er bekam immer, was er brauchte.

Juriga freute sich, daß der Knabe eine so zutrauliche Natur hatte; er pflegte zu sagen: Leute zu Leuten – Berge zu Bergen! *

Er selbst war von Jugend auf beliebt gewesen, weil er mitteilsam war. Auch hier kam er mit jedermann gut aus.

«Über mich kann sich keiner beklagen. Ich tue keinem

* Slowakisches Sprichwort

Menschen Unrecht, ich gebe jedem die Tageszeit und gute Worte. Gehen einem von ihnen Tabak, Streichhölzer, Salz oder selbst Schmalz aus, so helfe ich ihm aus. – Und dann habe ich auch diesen Knaben für einen Gotteslohn», so dachte er in seinem Herzen und war nicht wenig zufrieden mit sich selbst. Hatte er doch trotz seines Alters noch keinen Menschen gesehen, der besser gewesen wäre als er.

Eine geheimnisvolle Entdeckung

Es war an einem schönen Sonntag im Mai. Die Bergbewohner waren ins Dorf gegangen, die einen zur Kirche, die anderen auf das Gemeindehaus, um Arbeit zu suchen; manche von ihnen zum jüdischen Wirt, um Einkäufe zu machen oder wohl gar den Wochenlohn zu vertrinken. Wieder andere waren daheim geblieben und schliefen in ihren Hütten, oder sie suchten Pilze.

Unter denen, die daheim geblieben waren, um der Ruhe zu pflegen, befand sich auch der alte Paul. Er sonnte sich vor seiner Hütte und rauchte. Plötzlich hörte er Schritte und Hundegebell. Er blickte rasch auf in der Meinung, daß es der Jäger sei. Es war jedoch kein Jäger, sondern ein fremder junger Mann; er sah aus wie ein Handwerker und war sonntäglich gekleidet.

«Guten Tag!» sagte er.

Juriga dankte.

«Onkel, wohnt Ihr in dieser Hütte allein?» fragte der Fremde.

«Ja, mit meinem Enkel. Warum fragst du?»

«Ich habe hier für einige Wochen Arbeit; nehmt mich ins Quartier!»

«Nun – meinetwegen! Und was bist du denn?» forschte der Alte. «Welches Handwerk treibst du?»

«Ich bin Drechsler, Onkel. – Kann ich also kommen und diesen Rucksack dalassen?»

«Ja. Gehst du noch ins Dorf?»

«Nein, nur zum Waldhüter; dort habe ich meine Sachen. Ich werde dort übernachten und morgen bei Sonnenaufgang kommen.»

«Nun, du kommst ja noch rechtzeitig hin. Setz dich ein wenig. Ist das hier dein Hund?»

«Ja. – Dunaj, komm her!» Der weiße Hund sprang herzu und legte sich zu den Füßen seines Herrn. «Ich hatte ihn daheim eingeschlossen, aber er ist ausgerissen und hat mich eingeholt. Solch ein Tier ist oft besser als ein Mensch.»

Der junge Mann setzte sich.

«Und wie heißest du?»

«Martin Lesina.»

Juriga war froh, daß er Gesellschaft bekommen hatte. Er fragte Lesina nach seinem Heimatstädtchen, wie dort die Leute lebten und wie es mit der Landwirtschaft bestellt sei.

Lesina hingegen erfuhr über die hiesigen Verhältnisse, was er wissen mußte, um nicht von jedermann betrogen zu werden.

«Mir ist das Geld knapp, darum bin ich hierher gekommen, um mir selbst das Holz zu besorgen. Gewöhnlich habe ich es gekauft. Ich werde Euch dankbar sein, wenn Ihr mir einen guten Rat gebt.»

«Ein hübscher Mensch», dachte Juriga, als er wieder allein vor seiner Hütte lag, «schlank wie eine Tanne. Man merkt, daß er Soldat gewesen ist. Auch klug scheint er zu sein. Aber trotz seiner Jugend schaut er so traurig in die Welt, als ob ihn darin nichts mehr erfreuen könnte. – Aber wo ist Palko? Der wird eine Freude haben, besonders an dem schönen Hund. – Ja, wo steckt denn eigentlich der Junge?»

Ja, wo war Palko? Er hatte sich schon am frühen Morgen auf den Weg gemacht, um Pilze zu suchen. Er war ziemlich weit gegangen, denn die Maipilze wachsen nur auf Wiesenplätzen. Diese mußte er aufsuchen, aber dann fand er auch eine ganze Tasche voll schöner Pilze. Schon wollte er heimkehren, da kam ihm der Gedanke: heute ist Sonntag. Er hatte nichts zu tun. Wie wäre es, wenn er hinginge, um nachzusehen, was eigentlich hinter jenem großen Felsen war, der schon immer so sehr seine Neugier erregt hatte? Wie dort wohl die Welt aussah? Als er noch klein war und Mütterchen Anna noch lebte, hatte sie häufig, wohl jeden Abend, schöne Märchen erzählt. Das eine war besonders schön, und Palko hatte gerade dieses immer wieder hören wollen. Es war das Märchen von einem Knaben, einem verlorenen Königssohn, der in die weite Welt zog, um seinen Vater zu suchen. Da kam er eines Tages in die Berge, und in jenen Bergen war ein großer Felsen. Da flog ein goldenes Vöglein herbei und sagte ihm, er möge jenen hohen Felsen erklimmen, denn dahinter sei das Sonnenland, und im Sonnenland sei sein Vater König. Der Knabe machte sich auf, aber allerlei Ungeheuer stellten sich ihm in den Weg: eine Schlange, ein Bär, ein Löwe, und wer weiß was noch alles, und beinahe hätten sie ihn verschlungen. Aber da sprengte auf einem feurigen Roß ein mächtiger Ritter herbei. Der besiegte die Ungeheuer, befreite den kleinen Prinzen, hob ihn zu sich aufs Pferd und brachte ihn in das Königsschloß, wo er zu seinem Vater gelangte.

Im Winter hatte Palko den Herrn Lehrer gefragt, wo denn eigentlich das Sonnenland liege, da er es nirgends auf der Landkarte finden konnte. Der Lehrer hatte lächelnd erwidert: «Mein Sohn, das liegt im Reich der Märchen, und das ist auf unserer Landkarte nicht verzeichnet.»

Gar oft hatte Palko gewünscht, in das Reich der Märchen zu gelangen. Wie, wenn es dort hinter jener Felskuppe wäre, die des Morgens immer in dichten Nebel gehüllt war?

Und wenn er, Palko, so wie Aschenbrödel sagen würde: «Hinter mir dunkel und vor mir klar» – dann würde sich ihm das Reich der Märchen öffnen oder wenigstens ein Stückchen davon, wenigstens das Sonnenland.

Gar oft, wenn er am Morgen an der Quelle Wasser schöpfte, hatte er zu jener Höhe hinaufgeschaut und gewünscht, einmal dorthin gehen zu können.

«Heute habe ich Zeit, ja, heute gehe ich!» Er legte den Sack mit den Pilzen an einen bestimmten Platz, wo er ihn leicht wiederfinden konnte, und kletterte den steilen Felsweg hinauf.

«Gewiß ist es hier», dachte er mit immer größerer Spannung. In dem Sonnenland, wo die Sonne nie unterging – eine Nacht gab es dort nicht –, mußte es wohl sehr warm sein. Darum war auch ihm so heiß.

Zuletzt galt es noch einen Felsblock zu erklettern, und – vor ihm lag, von den hellen Strahlen der Maiensonne übergossen, ein kleines, von Bergen umschlossenes Tal. Der Felsen, auf dem er stand, fiel hier steil ab. Unten breitete sich gleich einem grünen Samtteppich eine mit Veilchen und Maiglöckchen übersäte Wiese aus. Aus dem Felsen sprudelte eine Quelle, die sich in einem silberhellen Bächlein zu Tal schlängelte. Ringsumher blühten Schlehdorn und Heckenröschen.

Oh, und es war hier nicht so still wie an anderen Orten im Gebirge: Amseln sangen, Finken und Drosseln antworteten, der Specht klopfte, Eichhörnchen sprangen fröhlich umher. Ach, hier war Leben! Der Knabe dachte: «Das ist gewiß ein Stück vom Sonnenland!»

Vorsichtig setzte er seinen Fuß auf einen tieferen Felsblock.

Aber was war das? Nicht weit von der Quelle hatte der Felsen eine Öffnung, die fast einer Türe glich. Wenn man da hineinkriechen könnte! Sieh da, die Sonne drang durch die Felsritzen hinein! Im Inneren glich die Höhle einer

Stube. In der Mitte stand ein Tisch mit einer Bank. An den Wänden hingen Spinngewebe. Der Wind hatte Moos hineingefegt.

«Hier könnte man sogar wohnen», dachte Palko. «Vielleicht wohnt auch jemand da.»

Behutsam trat er näher. Doch was lag da auf dem steinernen Tisch? Ein Buch. Der Knabe schlug es auf und buchstabierte die auf der ersten Seite geschriebenen Worte:

«Wer du auch seist, der du dies heilige Buch zur Hand nimmst, lies es eifrig und achtsam, Zeile für Zeile. Es wird dir den Weg zeigen aus diesem Tränental in jenes Land, wo keine Nacht mehr sein wird, wo die Sonne nimmer untergeht, in das Land ewigen Lichtes und Glückes.»

Dem Knaben stockte der Atem. Er hatte sich also nicht getäuscht! Dieses kleine, geheimnisvolle schwarze Büchlein sollte ihm den Weg ins Sonnenland zeigen! Folglich gab es doch eins, trotzdem man es auf keiner Landkarte finden konnte. Der Knabe zog seine Beine in die Höhe, stützte den blonden Kopf in die Hand, den Ellbogen auf den Tisch und begann zu lesen. Er hätte gerne die erste Seite übersprungen, denn da waren lauter Namen; aber «Zeile für Zeile!» stand in der Anweisung.

Das waren wohl die Namen derer, die in dem Sonnenland wohnten, seltsame Namen – die paßten eben zu dem Land. Dann kamen zwei bekannte Namen: Joseph, Maria, und dann ein sehr schöner: Immanuel: – Gott mit uns. Das mußte wohl irgendein Heiliger sein, wenn Gott – der Knabe blickte sich scheu um – wenn Gott mit ihm war. Und am Schluß stand, daß ein Knäblein geboren wurde, und dem gaben sie den Namen Jesus. Jesus – was für ein schöner Name, noch schöner als Immanuel! Er hatte zwar schon manchmal den Gruß gehört: «Gelobt sei Jesus Christus!»* Und wenn jemand erschrak, dann rief er wohl auch: «Jesus,

* In katholischen Gegenden gebräuchlicher Gruß

Maria, Joseph!» Waren das wohl diejenigen, von denen hier geschrieben stand? Er fand keine Antwort darauf. «Herr Gott, hilf!», so hatte er den Großvater oft seufzen hören, wenn dieser etwas Schweres heben mußte. Dann las Palko eifrig weiter.

Was nun kam, war leichter verständlich, nämlich, daß damals, als dieses Jesuskind in Bethlehem geboren war, irgendein König namens Herodes in dem Sonnenland herrschte. Und zu dem König kamen Weise – das waren gewiß solche Zauberer –, die wollten diesen Jesus sehen. Was mochte das für ein Stern gewesen sein, den sie im Morgenland gesehen hatten? Nun wollten sie das Kindlein sehen; aber niemand konnte es ihnen zeigen; man schickte sie nach Bethlehem, und der Stern führte sie. Er ging gerade am Himmel so weiter, wie sie unten auf Erden, und plötzlich blieb er stehen, und dort fanden sie drinnen im Haus das Jesuskind. Das war gewiß ein verzauberter Prinz – seine Mutter hieß Maria –, denn sie fielen vor ihm auf die Knie vor lauter Ehrfurcht. Und dann schenkten sie ihm Gold, Weihrauch und Myrrhen. Diese beiden letzteren waren wohl etwas zum Essen. Dann gingen sie auf einem anderen Weg wieder heim. Gott hatte ihnen das befohlen.

«Ach, wie schön!» Der Knabe klatschte fröhlich in die Hände. «Dieser Herodes, das war gewiß ein Drache; er wollte das Jesuskindlein verderben, aber er konnte nicht. Ein Engel kam bei Nacht, und sie gingen alle fort, Maria und Joseph mit dem Kindlein. Dieser Joseph war wohl ein Ritter. Sie hatten gewiß einen sehr weiten Weg. Nein, aber war das traurig, wie der böse Drache alle die kleinen Kinder umbringen ließ und ihre Mütter so weinten und sich gar nicht trösten konnten! Recht geschah ihm, dem Drachen, daß er sterben mußte; wenigstens konnte der Joseph das Jesuskindlein wieder zurück in das Sonnenland bringen, und dann wohnten sie in einer Stadt, die hieß Nazareth.»

«Ach, was ich heute alles von dem Sonnenland erfahren habe!» dachte der Knabe. «Aber nun muß ich aufhören, sonst wird mich der Großvater suchen. Es ist ja nicht so weit, ich will jeden Tag herkommen; oder wenn es in der Woche nicht geht, dann wenigstens jeden Sonntag. Ich muß ganz bestimmt erfahren, wie es diesem verzauberten Prinzen, diesem Jesus, ergangen ist, und forschen, daß ich auch für mich selbst den Weg in jenes Sonnenland finde.»

Unterwegs ins wahre «Sonnenland»

Die Leute gewöhnen sich gar rasch aneinander. Martin Lesina war kaum fünf Wochen unter einem Dach mit Juriga, und doch war es ihnen, als wären sie immer beisammen gewesen. Paul hatte recht gehabt, daß Palko sich über den Hund freuen würde. Sie fanden viel Gefallen aneinander; wo man im Tau die Spuren der kleinen Tuchschuhe* bemerkte, da sah man in der Nähe auch immer die Spuren der Hundepfoten.

Seit Lesina in Jurigas Hütte war, ging der Alte nicht mehr mit den anderen zur Schenke. Lesina trank nicht und rauchte auch nicht.

«Ich habe einmal im Rausch eine böse Tat begangen, an der ich mein Leben lang genug habe», hatte er gesagt, als Juriga ihn das erstemal aufgefordert hatte, mitzugehen. «Und auch Ihr tut besser, wenn Ihr das Trinken bleiben laßt! Was wir dabei ersparen, davon können wir uns alle Tage Milch und am Sonntag Fleisch kaufen.»

Dieser Vorschlag gefiel Juriga. An Fleisch war ihm nicht viel gelegen, aber Milch hatte er von jeher gern und konnte sich das selten gönnen; nun konnte er nach Wunsch süße

* Slowakische Fußbekleidung in den Bergen

oder saure Milch trinken. Nur von seiner alten Pfeife konnte Juriga nicht lassen, und Lesina selbst brachte ihm Tabak. Sie beide wohnten nun beisammen wie Vater und Sohn; Palko hatte sein Lager in der anderen Ecke der Hütte; da schlief er mit Dunaj zusammen herrlich.

Nur eines fiel Juriga auf, nämlich, daß Lesina, der nicht nur zu ihm, sondern auch zu allen anderen freundlich war – er war ein anständiger Mensch, das mußte man ihm lassen –, den Knaben kaum ansah. Und doch bediente ihn Palko so eifrig, wie er nur konnte.

Der alte Paul bemerkte nicht, daß Palko seit einiger Zeit weniger gesprächig war. Seine größte Freude war es, wenn er Milch holen durfte. Gewöhnlich kam er dann ziemlich spät und ganz atemlos heim; auch Dunaj merkte man es an, daß beide schnell gelaufen waren. Wenn Juriga keinen Gefährten gehabt hätte, so wäre es ihm wohl aufgefallen; aber so kümmerte er sich nicht weiter darum. An drei Sonntagen waren die beiden Männer in der Kirche gewesen und kehrten erst abends heim. Die Milch stand bereit. Was der Knabe den ganzen Tag allein gemacht hatte, danach fragten sie nicht.

Oh, es ist etwas Großes um das erste kindliche Geheimnis!

Der Knabe hätte nicht sagen können, warum er von seinem verborgenen Schatz schwieg. In einigen Märchen war gleich immer alles verschwunden, wenn die Menschen darüber sprachen. Und wenn er davon erzählen würde, daß er ein Stück vom Sonnenland, die geheimnisvolle Höhle, und das heilige Buch gefunden habe und daß er jeden Tag und am Sonntag vom Morgen bis zum Abend Zeile für Zeile darin lese, um den Weg in das wahre Sonnenland zu finden – wer weiß, ob da nicht, während er das alles erzählte, vielleicht jene Höhle plötzlich verschwinden und er dann nie erfahren würde, was er doch wissen mußte.

So schwieg er denn und ließ sich selber ausschelten, weil

er am Sonntag versäumt hatte, Erdbeeren zu pflücken. Wenn er erst alles wußte, dann wollte er es dem Großvater sagen, und dann würden sie zusammen in jenes Sonnenland gehen, wo Jesus wohnte.

Je mehr Palko las, desto weniger dachte er an das Reich der Märchen; er wußte nicht, daß er nur deshalb in die Höhle ging, weil er immer mehr von Jesus hören wollte. Ach, dieser Jesus! Wie war er doch so gut und so mächtig! Er konnte alles, was er wollte! Gewiß nur deshalb, weil er Gottes Sohn war.

Palko verstand nicht, wie das dort beim Jordan war, und was Johannes, jener seltsame Mann, der nur Heuschrecken und wilden Honig aß, mit ihm vornahm. Aber das verstand Palko, daß eine Stimme vom Himmel kam. Nun, im Himmel wohnte doch Gott, und er ließ sich vernehmen, daß Jesus sein lieber Sohn sei, dem die Leute gehorchen* sollten.

«Aber wie war denn das?» grübelte der Knabe. «War denn nicht Joseph sein Vater? – Ach, nun weiß ich es: Großvater Juriga ist ja auch nicht mein richtiger Großvater. Er pflegt mich nur, und die Leute denken, ich sei sein Enkel.»

Palko dachte weiter, daß auch er dem Herrn Jesus gehorchen müsse, wenn Gott es geboten habe.

«Wenn ich weiß, was er die Leute lehrte, dann werde ich tun, was er befiehlt, und ihm gehorchen, obgleich ich ihn nicht sehe. Wie war er so mächtig, als er den Teufel fortjagte und sich nicht von ihm verführen ließ! Und das war gut, daß er die Fischer zu sich rief und sie lehrte, seinen Willen zu tun. Auch konnte er alle Kranken gesund machen. Und alles, was die Leute von ihm baten, gab er ihnen; auch so viel Brot, daß Tausende davon satt wurden! Oh, was ich da alles lesen darf! Und wie wird das nur wer-

* Im Slowakischen gilt für «hören» und «gehorchen» dasselbe Wort.

den?» dachte Palko, als die Leute in dem Buch schon anfingen, so böse gegen Jesus zu werden.

Ach, und was mußte er noch alles lesen! Er konnte in der Nacht gar nicht schlafen, so lebendig stand ihm alles vor der Seele: jene Nacht, jener Garten mit dem betrübten Jesus, wie er dort betete und rang, bis ihm blutiger Angstschweiß auf der Stirne stand ... Und diese Jünger – konnten schlafen!

«Wenn ich dabei gewesen wäre, ich hätte meinen Arm um seinen Hals gelegt und ihm gesagt: Fürchte dich nicht, Gott wird dich befreien! Aber ach, er hat ihn nicht befreit! Warum, o warum befreite er Jesus nicht? Sie kamen, banden ihn und dann» – – der Knabe konnte vor Weinen kaum weiterlesen, wie sie ihn geißelten, verspotteten und endlich ans Kreuz schlugen. «Oh, das hab' ich gar nicht gewußt, daß der Christus auf dem hölzernen Kreuz vor der Kapelle dort, daß das der Herr Jesus ist! Er ist es ja auch nicht selbst, es ist nur eine hölzerne Figur. Aber nun weiß ich wenigstens, wie sie ihn angenagelt haben. Wenn ich nur wüßte, warum, o warum Gott ihn nicht befreite, als er rief: ‚Mein Gott, mein Gott, warum hast du mich verlassen!' Aber nein, er ließ ihn sterben und begraben werden ...»

Palko klappte das Buch zu und ging tiefunglücklich heim. Die Sonne stand noch ziemlich hoch. Wie schön war es jetzt in den Bergen! Alles grünte und blühte. Dunaj hüpfte vor Freude und jagte den Eichhörnchen und Vögeln nach. Palko freute die ganze Welt nicht mehr.

«Wozu blühen die Blumen, wozu singen die Vöglein, wenn Jesus gestorben und begraben ist?» dachte er traurig. «Wenn er nicht mehr lebt, dann werde ich ihn nie sehen und ihm niemals sagen können, wie sehr ich ihn lieb habe und daß ich ihm gehorchen will.»

Am folgenden Tag ging er gar nicht in die Höhle zum Lesen. Aber dann fiel ihm auf einmal ein, daß er das heilige Buch ja Zeile für Zeile lesen müsse, um den Weg ins

Sonnenland zu erfahren. Und dann mußte er doch auch wissen, was Maria und die Jünger taten, als sie keinen Jesus mehr hatten.

Heute war wieder Sonntag, der dritte, den Juriga mit Lesina im Dorf verbrachte. Und in der Höhle saß, den Kopf in die Hand gestützt, der kleine Leser. Plötzlich sprang er auf und begann vor Freude zu hüpfen:

«Er lebt, er lebt!» rief er jubelnd, und das Echo in den Felsen jubelte mit ihm: «Er lebt, er lebt!»

Der Hund, bereit, Freud und Leid mit ihm zu teilen, wedelte mit dem Schwanz und sprang an seinem Herrn empor.

«Dunaj, Jesus lebt!» rief der Knabe. «Weißt du, er ist Gottes Sohn! Er hat den Stein abgewälzt und ist auferstanden! Aber nun laß mich und leg dich hin! Ich muß wissen, wie es weitergeht, dann werde ich es dir erzählen.»

Der Hund gehorchte.

Palko setzte sich wieder auf die Bank und vertiefte sich in das Buch. Der Hund legte seinen zottigen Kopf auf das Knie des Knaben und blickte ihn so klug an, als ob er wirklich darauf warte, mehr von dem lebendigen Jesus zu erfahren. – Aber als sie nach etwa einer Stunde zusammen die geheimnisvolle Höhle verließen, war sein kleiner Herr und Kamerad so tief in Gedanken versunken, daß er Dunaj gar nicht beachtete.

Die Jünger waren vor Jesus niedergefallen, und da hatte er ihnen gesagt, daß er bei ihnen sei alle Tage bis ans Ende der Welt, daß ihm alle Gewalt gegeben sei im Himmel und auf Erden, und daß sie die Menschen lehren sollten, alles zu halten, was er ihnen befohlen hatte.

Es schien Palko, daß Jesus, der Lebendige, von den Toten Auferstandene, auch bei ihm sei; er faltete die Hände über der Brust, beugte sich tief und sprach: «O Herr Jesus, Sohn Gottes, da du alle Macht hast im Himmel und auf Erden, so siehst du auch mich, obgleich ich dich nicht sehen kann.

Ich möchte dir so gerne sagen, daß ich dich sehr, sehr lieb habe, noch lieber als den Großvater, und daß ich dir gehorchen will. Hilf mir, daß ich den Weg zu dir finde!»

Palko kam heute früher heim als gewöhnlich. Er brachte Erdbeeren, machte Feuer und kochte eine Suppe für den Großvater. Er dachte gar nicht daran, daß er außer einigen halbreifen Erdbeeren heute den ganzen Tag über noch nichts gegessen hatte. Alles auf der Welt freute ihn; war es ihm doch, als sei Jesus mit ihm in die Hütte eingetreten und als seien sie jetzt gute Freunde.

«Siehst du, da koche ich nun für den Großvater», plauderte der Knabe zutraulich mit seinem unsichtbaren Freund. «Nun muß ich Wasser holen. Aber bitte, bleibe doch da! Gehe ja nicht fort, ehe ich zurückkomme; ich habe dich so lieb!»

Aber es war Palko, als sei Jesus mit ihm auch zur Quelle gegangen. «Ich fühle es, er ist da!» Der Knabe drückte die Hand auf die Brust. «Oh, wie ist das schön!»

Bald war alles fertig, und der Knabe wartete sehnsüchtig auf den Großvater. Erstens war er sehr hungrig, und zweitens hatte er sich vorgenommen, heute dem Großvater alles, aber auch alles zu sagen; denn auch er tat so manches, was dem Herrn Jesus gewiß nicht gefiel. Wenn er rauchte, dann spuckte er, und das war so unschön. Und manchmal fluchte und schwor er auch, und das hatte Jesus doch verboten.

Endlich kam der Großvater. Er war allein und ein wenig betrunken. Er schimpfte über alles. Suppe essen wollte er nicht. So wie er war, in den Sonntagskleidern, warf er sich auf sein Lager, und als Palko schüchtern bemerkte, er werde sich die Kleider zerdrücken, schlug er ihn so ins Gesicht, daß es noch lange rot war und schmerzte.

«Sei nicht böse, Herr Jesus, daß er so flucht», bat der Knabe im stillen; «er weiß ja nicht, daß du da bist – und er ist betrunken.»

Erst als Juriga schlief, wagte der Knabe sich zu der kalt gewordenen Suppe zu setzen, und obgleich er sie zu salzen vergessen hatte, schmeckte sie ihm doch herrlich.

«Komm wieder, Herr Jesus!» sagte er halb im Schlaf. «Jetzt bin ich so müde, daß ich schlafen muß. Am liebsten wäre es mir, wenn du gar nicht fortgingest.»

Großvater Juriga

Am anderen Morgen erwachte der alte Paul ziemlich spät. Sein Kopf war so schwer und leer und sein Herz so voll. Sein Auge fiel beim Erwachen auf das Feuer. Dort saß Palko, nach Zigeunerart mit untergeschlagenen Beinen. Eine Hand hatte er um Dunaj gelegt; die blonden Haare des Kindes fielen auf das weiße, zottige Fell des Hundes. Beide schauten eifrig in das lustig prasselnde Feuer.

Es war ein solch liebliches Bild, daß es sogar dem Alten bei diesem Anblick weich ums Herz wurde. Plötzlich erinnerte er sich des gestrigen Abends, daß er Palko geschlagen hatte. «Der Junge meinte es gut. Warum habe ich mich nur betrunken? Es war eigentlich nur so wenig, was ich trank, und doch ist es mir gleich in den Kopf gestiegen. Gut, daß Lesina heute nicht da ist! Wenn er gestern nicht fortgegangen wäre, dann wäre ich aus der Kirche mit ihm direkt nach Hause gegangen. So riefen sie mich eben, und ich ging hin.»

Der alte Paul kraulte verlegen in seinem grauen Haar. Er hätte viel darum gegeben, wenn er heute nicht hätte mit dem Knaben reden müssen; denn er schämte sich, daß er betrunken gewesen war und ihn geschlagen hatte. Was hätte Razga wohl dazu gesagt?

Aber reden mußte er; so rief er denn entschlossen:

«Palko, sieh mal in meinem Mantel nach, und das, was du in dem kleinen Bündel findest, darfst du dir getrost nehmen. Man hat mich gestern zu einem Taufschmaus gerufen und es mir aufgenötigt.»

Der Knabe sprang fröhlich auf, begrüßte den Großvater und knüpfte im Nu das Tuch auf. Ach, welche Schätze: zwei Klöße, ein Stück Zimtstollen und ein Stück Kuchen!

«Und das alles wollt Ihr mir geben, Großvater?» fragte Palko voll ungläubiger Freude, und seine feinen, weißen Zähne bissen voll Entzücken in den Stollen.

«Alles, mein Junge; dafür, daß ich dich gestern geschlagen habe, als ich ein wenig benebelt war. Dieser dumme Branntwein macht den Menschen ganz taumelig. Und ich wollte ja gar nicht trinken; aber was ist zu machen, wenn die Gastgeber einem so viel aufnötigen!»

«Wißt Ihr, Großvater», der Knabe schüttelte den blonden Kopf, «daß Ihr mich geschlagen habt, war nicht so schlimm. Aber ich hatte Angst, daß Jesus fortgehen würde, als Ihr so fluchtet, und ich weiß nicht, ob er da sein mag, wo die Leute betrunken sind.»

Der Alte sah den Knaben mit ziemlich verdutztem Gesicht an. Was sprach er denn da, und von wem eigentlich?

«Meinst du Lesina? Der ist ja nicht da und kommt auch diese Woche nicht wieder. Er mag freilich weder betrunkene Leute noch Lärm.»

Juriga wusch sich und setzte sich zum Frühstück.

«Onkel Martin meine ich nicht», fing Palko von neuem an. «Habt Ihr nie das heilige Buch gelesen, wo der Weg in das Land beschrieben ist, in dem die Sonne nicht untergeht?»

«Nein, mein Junge, so ein Buch hab' ich nie gelesen. Wer hat dir denn gesagt, daß es ein solches Buch gibt?»

«Doch, es gibt ein solches», sagte Palko geheimnisvoll, «und man kann alles über Jesus daraus erfahren.» Und der Knabe fing an zu erzählen, wie Jesus geboren wurde und wie ihn jener böse Drache töten wollte und was er dann alles tat, als er aus dem fernen Land heimgekehrt war.

«Junge, du erzählst ja das Evangelium von Jesus Christus. Nun, du weißt mehr davon als ich alter Mann. Wie bist du nur dazu gekommen?»

Schon wollte Palko alles von Anfang an berichten, da trat der Holzhauer Lischka ein, und Palko mußte aufhören. Juriga und Lischka gingen in den Wald, wo sie vom Waldhüter neue Bäume übernehmen sollten. Als sie schon ein Stückchen von der Hütte entfernt waren, kam ihnen Palko in raschem Lauf nachgeeilt.

«Was willst du, Junge?» fragte Juriga.

«Ich bitte Euch, Großvater», die blauen Augen sahen ihn bittend an, und ihr Blick war so rein wie ein See, in dem sich die Sonne spiegelt, «ach, ich bitte Euch, geht doch nicht wieder am Feierabend trinken! Ich fürchte so sehr, Jesus würde nicht kommen und nicht bei uns bleiben, wenn Ihr Euch wieder betrinken und fluchen würdet.»

«Laß mich in Ruhe, Junge!» wehrte Juriga rauh ab. Aber Palko wußte dennoch, daß Großvater sich nicht betrinken würde, und er wurde nicht enttäuscht.

Es vergingen mehrere Tage, und noch immer hatte er dem Großvater nicht erzählen können, wie er seinen Schatz gefunden hatte. Großvater ging nämlich mit Lischka Bäume schlagen; er bereitete sich Holz zum Löffelschnitzen. Und abends, wenn er heimkam, war er dann so müde, daß er nur eben sein Abendbrot verzehrte und sogleich auf sein Lager sank.

Lesina kehrte erst am Samstagabend zurück, und Palko schien es, als ob er sehr traurig sei. Gerne hätte er ihn gefragt, was ihm fehle. Denn seitdem er damals den toten Jesus beweint hatte, wußte er, was Kummer ist. Aber da Lesina ihn nie beachtete, wagte er es nicht.

Pfarrer Malina

In dieser Woche fand Palko wenig Zeit, ins Sonnenland zu gehen. Der Großvater hatte in der katholischen Pfarrei und beim Kaufmann versprochen, daß der Knabe in beide Häuser täglich frische Erdbeeren und Pilze bringen würde, und nun gab es für ihn viel zu tun, viel vom Berg zu Tal zu laufen, bis zwei Körbe gefüllt waren.

Im Pfarrhaus hatten sie Gäste. Die Schwester des Herrn Pfarrer war mit Mann und Kindern zu Besuch gekommen. Palko erhielt jedesmal ein Stück Brot mit Fleisch oder ein Stück Kuchen, und einmal, als er gerade mittags kam, ein Mittagbrot, wie er noch keines bekommen hatte. Als die Magd sah, daß er ein Stückchen Fleisch für den Großvater beiseite gelegt hatte, gab sie ihm noch ein schönes Stück dazu. Auch Dunaj hatte sich an Knochen und anderen Abfällen so gütlich getan, daß er auf dem gemeinsamen Heimweg kaum schnaufen konnte. Juriga freute sich, daß der Knabe an ihn gedacht hatte.

«Verlaß dich drauf, Palko, das vergesse ich dir nicht», sagte er, als Palko ihm das Geld für die Erdbeeren ablieferte. «Ich werde es für dich aufheben. Sammle nur recht fleißig, solange es Beeren gibt! Wenn der Winter kommt, brauchst du Schuhe. Du sollst dann Filzschuhe und hohe Stiefel bekommen.»

Palko sammelte emsig, und es ging ihm sehr gut dabei. Aber gerne hätte er auf die Leckerbissen verzichtet, wenn er nur öfter hätte in dem heiligen Buch lesen dürfen. Ach, daß die Höhle so weit entfernt war! Hätte er das heilige Buch nur daheim gehabt, dann würde er schon etwas Zeit zum Lesen gefunden haben. Das Buch aus jener Höhle zu nehmen, wagte er nicht, denn es war ja nicht sein Eigentum.

Er freute sich schon sehr auf den Sonntag. Am Samstag hatte er ein schönes Erdbeerplätzchen gefunden, dahin lief er nun bei Tagesanbruch mit Dunaj. Dunaj jagte fröhlich Hasen und Eidechsen nach, und Palko sammelte Erdbeeren. Dabei dachte er, warum wohl mehrmals in dem heiligen Buch dasselbe berichtet war; gewiß deshalb, damit es sich die Menschen besser merkten. Aber auch wieder neue Dinge standen darin, so zum Beispiel von dem Gichtbrüchigen, den sie durch das Dach zu Jesus herabließen, damit er ihn gesund mache. Den Leuten dort gefiel es nicht, daß er ihm die Sünden vergab.

Was ist das: «Sünde»? Gestern hatte der Herr Pfarrer den Knaben seiner Schwester erklärt, daß das Äpfelstehlen in einem fremden Garten Sünde sei. Da hatte wohl der Kranke auch einmal Äpfel gestohlen und war dabei vom Baum gefallen; darum war er nun krank. Aber warum vergab ihm nun Jesus? Da sollte ihm doch derjenige vergeben, den er bestohlen hatte! Wenn ich etwas Böses tue, muß dann auch mir Jesus vergeben? Gewiß! Dort stand ja geschrieben, daß er Macht habe, auf Erden die Sünden zu vergeben.

Der Knabe hielt ein Weilchen mit Sammeln der schönen, roten Früchte inne. Er faltete die Hände, blickte zum sonnigen Himmel empor und sagte:

«Ich habe schon sehr oft gesündigt und habe dich, Herr Jesus, noch nie um Verzeihung gebeten; ich bitte dich, da du die Macht dazu hast, vergib auch mir!» – «Ich danke dir», sprach er nach einer Weile, als er schon wieder an der Arbeit war, «denn du hast mir wirklich vergeben, obwohl ich schon viel Böses getan habe. Vorher habe ich gar nicht gewußt, was für ein böser Junge ich bin. Großvater Razga habe ich seinen Pfeifenstock zerbrochen, damit er mich nicht wieder schlagen könne. Dem jungen Onkel habe ich die Peitsche und der Tante Eier gestohlen. Sie haben mich wohl dafür durchgeprügelt, aber es war doch sehr böse von mir. – Aber was bedeutet wohl das Wort des Herrn Jesus: ‚Die Starken bedürfen keines Arztes' und:

‚Ich bin gekommen, die Sünder zur Buße zu rufen und nicht die Gerechten!'? Was heißt das: Buße? Die Leute, die zu Johannes gingen, taten Buße und bekannten ihre Sünden. Da sagte ihm gewiß ein jeder, was er Böses getan hatte, und dann vergab ihnen Jesus. So müssen gewiß alle Leute auf Erden alles dem Herrn Jesus sagen, damit er ihnen vergebe. Sicherlich tun sie das auch. Das habe nur ich dummer Junge noch nicht gewußt, weil ich noch klein bin. Ich will auch gleich heute noch Großvater fragen, ob Jesus ihm schon alles vergeben hat.»

Es dauerte nicht lange, bis Palko die beiden Krüge gefüllt und ein ganzes Bündelchen Pilze beisammen hatte.

«Dunaj, komm, wir müssen uns beeilen!» rief er. «Laß die Vöglein in Frieden! Wer weiß, ob du nicht auch sündigst, wenn du sie so verscheuchst! Wie sie flattern, die Armen! Wenn ich das täte, wäre es gewiß Sünde; aber du bist ja nur ein Hund, bei dir mag es wohl hingehen.»

Dunaj hörte kaum auf den Verweis; er sprang vor seinem kleinen, fröhlich dahineilenden Herrn her.

*

Als sie aus dem Wald kamen, holte Lischka sie ein. Am Fuße des Hügels lag das Dorf. «Nun, wohin geht ihr beide denn schon am frühen Morgen?»

«Ich trage Erdbeeren ins Pfarrhaus, Onkel.»

«Du bist ein fleißiger Junge. Du wirst dir bald die Stiefel verdient haben.»

«Und wohin geht Ihr, Onkel?»

«Ich? – Ich gehe zur Beichte. Bin schon lange nicht mehr hingegangen; der Mensch muß doch auch von Zeit zu Zeit seine Sünden in Ordnung bringen.»

«Das ist wahr!» Die blauen Augen des Knaben strahlten. «Also, Ihr habt auch schon Eure Sünden in Ordnung gebracht? Habt Ihr auch alles Jesus gesagt, was Ihr je Böses getan habt, und hat er Euch auch vergeben wie dort dem Gichtbrüchigen?»

«Was sprichst du da, Junge?» Überrascht blickte der Mann auf den Knaben. «Ich habe dir doch gesagt, daß ich erst zur Beichte gehe!»

«Was ist denn das: die Beichte?» fragte Palko lebhaft.

«Nun, ich gehe in die Kirche, und dort bekomme ich vom Pfarrer die Absolution; er vergibt mir die Sünden.»

«Der Pfarrer? Hat er denn die Macht dazu?»

«Du bist ein komischer Junge. Woher soll ich wissen, ob er die Macht hat oder nicht? Danach frage ich nicht. Ich bin ein sündiger Mensch, und es gebührt sich, daß ich zwei- bis dreimal im Jahr zur Beichte gehe – hoffentlich wird Gott mir gnädig sein.»

«Also Ihr wißt es nicht sicher, ob er die Macht dazu hat? Und wenn Ihr aus der Kirche geht, werdet Ihr es dann wissen, ob Eure Sünden vergeben sind?»

«Ach Junge, wer könnte das vor dem Tode wissen? Das werden wir erfahren, wenn wir gestorben sind!»

«Wißt Ihr, Onkel, wenn Ihr zu Jesus gehen würdet, der würde Euch gewiß vergeben, so wie jenem Gichtbrüchigen, den sie an Stricken durchs Dach zu ihm herabließen.»

«Du meinst Christus? Nein, Junge, für uns einfache Leute ist auf Erden der Pfarrer der Herrgott. Er bringt schon alles für uns in Ordnung. Ich muß nur einfach zu ihm gehen.»

«Hat denn auch zu ihm, zu dem Pfarrer, Gott der Herr gesagt: ‚Dies ist mein lieber Sohn, den sollt ihr hören'?»

«Was ist denn in dich gefahren, Junge?» rief der Mann verwundert aus. «Du bringst einen ja ganz aus dem Geleise mit deinen Fragen!»

«Seid mir nicht böse, Onkel!» Die blauen Augen blickten treuherzig zu dem Mann empor. «Aber ich habe heute den Herrn Jesus gebeten, daß er mir meine Sünden vergibt, und er hat es getan. Wenn Ihr wüßtet, wie froh ich bin! –

Aber Ihr geht ans obere Ende des Dorfes, so geht denn mit Gott!»*

Lischka schaute dem Knaben eine Weile nach und schüttelte den Kopf. «Wie? Christus hat ihm die Sünden vergeben? Was für Sünden? Er hat ja noch gar keine, er ist ein ordentlicher Junge. Wenn ich das auch von mir so gewiß wüßte! Freilich, mir hätte unser Herrgott schon etwas zu vergeben, denn so ein Mensch wie ich erzürnt ihn wohl oft genug. Nun, aber darüber kann der Mensch ja nichts Bestimmtes wissen. Wir gehen eben zur Beichte, weil unsere Eltern auch schon gegangen sind, und so gehört es sich auch. Aber der Junge hat gefragt, ob der Pfarrer denn die Macht dazu habe. Der Pfarrer spricht doch am Altar: ‚Ich, ein Diener Gottes, verkündige euch kraft meines heiligen Amtes die Vergebung eurer Sünden.' Folglich muß er doch die Macht haben, wenigstens von seiten der Kirche. So ist es nun einmal, und so muß es auch gut sein. Was kümmern mich die Reden des einfältigen Jungen?»

Lischka warf den Kopf zurück und machte sich auf den Weg zur katholischen Kirche, wo sich die Leute versammelten, die alle zu dem gleichen Zweck gekommen waren und die von der Sache genau soviel verstanden wie er.

*

Unterdessen hatte Palko die katholische Pfarrei erreicht, und weil er die hintere Pforte offen fand, eilte er durch den Garten. So war es näher, und er wollte seine Sachen gern möglichst bald loswerden.

Auf dem breiten Weg zwischen den Obstbäumen wanderte der Herr Pfarrer auf und ab, ein hagerer, noch junger, aber schon etwas ergrauter Mann.

* Slowakischer Gruß

Palko küßte ihm die Hand, wie der Großvater es ihm befohlen hatte.

«Sind das die Erdbeeren, die du uns bringst?» fragte er freundlich. «Die hast du wohl gestern abend gesammelt?»

«Nein, sie sind ganz frisch, heute habe ich sie gepflückt. Ich bin vor Sonnenaufgang aufgestanden.»

«Aus dir kann etwas werden, du bist fleißig. Trage sie in die Küche und laß dir dort ein gutes Frühstück geben. Sage nur, daß ich es befohlen habe. Den Hund kannst du hier lassen, damit er meinen Kater nicht wieder auf zehn Meilen vertreibt.»

Heute ging es Palko wirklich königlich. Erst hatte er eine solche Menge Erdbeeren gefunden, dann war der Herr Pfarrer so freundlich zu ihm, und endlich bekam er in der Küche, wo er seinen Auftrag bestellte, ein Frühstück, an dem er sich für den ganzen Tag satt essen konnte. Außerdem steckten sie ihm die Reste des gestrigen Abendessens und ein Stück Brot in die Tasche. Sie zahlten auch ordentlich, sowohl für die Erdbeeren wie auch für die Pilze.

«Warte, Dunaj», tröstete er den Kameraden, als sie wieder den Garten entlang schritten, «sobald wir in den Bergen sind, bekommst auch du dein Frühstück. Ich habe allerlei, auch für dich!»

Dunaj beschnupperte eifrig die Taschen seines kleinen Herrn, und es war ihm gewiß nicht recht, als der Herr Pfarrer sie anhielt.

«Nun, hast du ein Frühstück bekommen?»

«Ja, freilich! Ich danke Ihnen auch recht herzlich!»

«Haben sie dir denn auch bezahlt?» lächelte der Herr Pfarrer. «Zeig einmal, wieviel sie dir gegeben haben. – Ist das nicht zuviel für solch ein bißchen Erdbeeren?»

Der Knabe erschrak. Betroffen blickte er den Herrn an, ob er das wirklich so ernst meine; aber er konnte es ihm nicht vom Gesicht ablesen.

«Ich weiß nicht», stammelte er verlegen. «Mein Großvater hat mir aufgetragen, soviel zu fordern. Und es waren ja auch Pilze dabei.»

«So ist das also Großvaters Geld?»

«O nein, es gehört mir. Er legt es nur für mich beiseite; denn er will mir neue Filzschuhe und Stiefel kaufen. Wenn ich mir soviel verdienen könnte, hätte ich auch gerne ein neues Hemd.* Aber dazu braucht es gewiß sehr viel.»

«Sicherlich», gab der Herr Pfarrer ernsthaft zurück. «Aber damit du recht bald dazu gelangst, will ich dir etwas als Grundstock geben.»

Zu den Kupfermünzen in Palkos Beutelchen gesellten sich einige Nickelstücke.

«Und weil du uns immer Erdbeeren bringst, will ich dir auch von unserem Obst geben.»

Palko bekam zwei Birnen. Als er in die erste hineinbiß, lief ihm das Wasser im Munde zusammen. Er dachte sogleich, daß er die andere dem Großvater bringen wolle. Er dankte höflich und wollte gehen. Plötzlich kehrte er wieder um.

«Was willst du, mein Junge? Hast du etwas vergessen?» fragte der Herr Pfarrer, der ihm mit Wohlgefallen und in Gedanken verloren nachgeblickt hatte.

«Nein, bitte! Aber Sie sind ein Herr Pfarrer, und die Leute gehen zu Ihnen zur Beichte. Ist das wahr, daß Sie die Macht haben, Sünden zu vergeben?»

Der Herr Pfarrer schüttelte verwundert den Kopf über diese unerwartete Frage.

«Möchtest du mir etwas beichten, mein Kind?»

«Ich nicht!» Die Augen des Kindes strahlten. «Wissen Sie, ich habe es so gemacht wie dort die Leute am Jordan: ich habe alles Jesus bekannt, und der hat mir wirklich vergeben. Nun möchte ich das so gern wissen wegen den an-

* Gestricktes Hemd mit bauschigen Ärmeln, ein Hauptbestandteil der slowakischen Nationaltracht

deren Leuten, die noch nicht davon gehört haben, daß Jesus auch ihnen alles vergeben möchte, wenn sie nur zu ihm kommen würden. Können Sie, Herr Pfarrer, ihnen vergeben? Haben Sie die Macht dazu? Hat Gott auch zu Ihnen gesprochen: ‚Dies ist mein lieber Sohn, den sollt ihr hören'?»

Die Hand des Pfarrers ruhte auf dem blonden Kopf des Knaben, und er blickte tief und forschend in die reinen, blauen Augen. Er war ein großer Freund des Volkes, aus dem er hervorgegangen war, und besonders der Kinder. Er pflegte zu sagen, daß im Volk der Kern und in den Kindern die Zukunft liege. Er fühlte, daß ihm in diesem armen Bauernknaben eine königliche Seele, ein königlicher Geist begegnete.

«Weißt du, mein Kind, das hat der liebe Gott nicht zu mir gesagt, er konnte es gar nicht sagen. Jesus Christus ist einzig und allein der Sohn Gottes; ihn sollen wir hören. Die Macht, die er hatte, habe ich nicht. Ich darf den Leuten nur sagen, daß ihnen der liebe Gott die Sünden vergeben wird, wenn sie viel Gutes tun wollen.»

«So ist also für die gewöhnlichen Menschen nicht der Pfarrer der Gott, der alles für sie in Ordnung bringt?»

«Nein, keineswegs! Wer hat dir denn diese Dummheit gesagt?»

«Onkel Lischka. Ihnen aber wird der liebe Gott doch sicherlich vergeben, wenn Sie ihn darum bitten, denn Sie tun wohl sehr viel Gutes. Auch ein Frühstück haben Sie mir gegeben, ja sogar Geld für ein Hemd. Sie gehorchen gewiß dem lieben Gott und dem Herrn Jesus!»

«Es läutet schon, Palko, ich muß gehen», und dann wandte sich der Pfarrer ab. Noch einmal winkte er dem Knaben freundlich zu, dann liefen Palko und Dunaj flink den Berg hinauf.

«Sie gehorchen gewiß dem Herrn Jesus», tönte es nach in der Seele des Mannes, als er schon im Ornat in der Sakristei stand. «Von Jugend auf sehne ich mich nach dem, was dieses Kind ausgesprochen hat. Wohl tue ich manches, aber ich weiß dennoch, daß ich dir, Sohn Gottes, nicht gehorsam bin. Meine Sünden sind nicht vergeben; und ich weiß, daß auch die, denen ich heute die Beichte abnehmen soll, weder Vergebung noch Frieden finden werden. Und dennoch muß ich dies als Diener der Kirche tun. Woher hat nur jenes Kind diese klaren Begriffe genommen, dieses Vertrauen zu Christus: ‚Er hat mir vergeben'?»

In Gedanken versunken, nahm der Pfarrer sein Brevier zur Hand. Das Buch öffnete sich ihm gerade da, wo im Evangelium Matthäus der Engel Joseph verkündigt: «Du sollst seinen Namen Jesus heißen; denn er wird sein Volk selig machen von ihren Sünden.» Beinahe hätte der Pfarrer vergessen, daß seine Gemeinde auf ihn wartete, so mächtig ergriffen ihn diese Worte.

«Erlösung von Sünden, das ist es, wonach ich mich sehne und was ich nicht selbst erlangen kann! Jesus Christus hat sie in die Welt gebracht – aber wie könnte ich zu ihm kommen?»

*

Und während in der katholischen Kirche Pfarrer Malina mit geteiltem Herzen und zerstreuten Gedanken wie geistesabwesend den Gottesdienst hielt, saß der kleine Palko in seinem Versteck und las. Stunde um Stunde verging. Über den Bergen zog ein Gewitter herauf. Eine Seite war noch von der Sonne beleuchtet, auf der anderen grollte der Donner, zuckten die Blitze. Auch Palkos Sonnenland war noch vom Sonnenschein überflutet, daher störte den Knaben nichts im Lesen. Er las und las.

Ein einsamer Wanderer eilte mit gesenktem Kopf den Weg hinauf – es war Lesina. Trotzdem er vor dem nahenden Regen Schutz suchte, schenkte er seiner Umgebung wenig Beachtung. Die Wolken der Schwermut, die sein Antlitz bedeckten, waren noch düsterer als die, die sich am Horizont zusammenballten.

Ach, damals vor Jahren war auch solch ein Gewitter gewesen wie heute, und damals hatte er eine Tat begangen, die er mit seinem ganzen weiteren rechtschaffenen Leben nicht wieder gutmachen konnte. An diese Tat mußte er des Tages bei der Arbeit denken, und des Nachts ließ sie seine Augen keinen Schlummer finden. Auch jetzt, in diesem Augenblick, mußte er daran denken, und das Rollen des Donners schien ihm wie ein fernes Glockenläuten – sie läuteten sein Liebstes zu Grabe.

Große Tropfen begannen zu fallen und kündigten einen heftigen Gewitterregen an. Lesina sah umher, wo er Schutz finden könnte, nicht für seine Person – er scheute den Regen nicht und war schon oft bis auf die Haut naß geworden –, aber für seine Sonntagskleider. Da sah er etwa zwanzig Schritte vor sich den Felsen, vielleicht konnte er hier einen Unterschlupf finden. Raschen Schrittes erreichte er den Eingang der Höhle; da bot sich seinen Augen beim Aufleuchten der Blitze ein unerwartetes, liebliches Bild. Am Boden saß Palko; er hielt den Arm um Dunajs Kopf geschlungen und war ganz ins Lesen eines Buches vertieft, das vor ihm auf der Steinbank lag.

Lesina hatte den Knaben nicht gern; denn so oft er ihn sah, gab es ihm einen Stich ins Herz. Ach, auch er hatte einst ein Söhnchen besessen, und infolge seiner Sünde hatte er es verloren. Und ob er sich nun wegen dem Knäblein beinahe die Augen ausweinte, das machte es nicht mehr lebendig, brachte es nicht wieder. – An den Felsen gelehnt, mußte er unwillkürlich Palko betrachten.

«So groß wäre nun mein Mischko auch schon. Ach!» In namenlosem Jammer bedeckte er sein Gesicht mit den schwieligen Händen. Dann aber fühlte er sich zu dem Kind hingezogen; es war ihm, als müsse er den kleinen, unermüdlichen Leser umarmen.

Es blitzte kreuz und quer. Ein Donnerschlag folgte und weckte Dunaj aus seinem Schlaf. Er hob den Kopf, spitzte die Ohren, witterte seinen Herrn und lief ihm schweifwedelnd entgegen.

«Onkel Lesina!» Palko sprang erfreut auf. «Wie kommt Ihr denn hierher?»

Wenn ein starkes Gewitter tobt, freut sich jeder Mensch der Nähe eines anderen menschlichen Wesens. Auch Palko vergaß seine Schüchternheit.

«Ich bin gekommen, um mich vor dem Regen zu schützen; aber was treibt denn ihr beide hier?» Zum erstenmal redete Lesina den Knaben freundlich an.

«Das werde ich Euch gleich sagen, Onkel, kommt nur erst näher! So, hier werdet Ihr nicht naß. Setzt Euch; dies ist meine Bank und mein Tisch.»

«Das sieht ja beinahe so aus wie eine Stube. Aber du hast mir noch nicht gesagt, was ihr hier macht. Großvater denkt, du suchest Erdbeeren und Pilze.»

«Das habe ich schon getan», beruhigte ihn Palko; «ich bin schon wieder aus dem Dorf zurück.»

«Und hast du etwas gegessen?»

«Freilich, im Pfarrhaus haben sie uns ein gutes Frühstück gegeben. Auch dir hat es geschmeckt, gelt, Dunaj?»

Der Hund sprang von einem Bein aufs andere, wedelte mit dem Schwanz und leckte mit der Zunge.

«Nun, ich glaube es. Aber das war heute früh, und jetzt ist es vier Uhr nachmittags. Warum sitzest du denn hier und gehst nicht nach Hause?»

«Ich hatte keine Eile. Der Großvater braucht mich nicht, denn es ist Sonntag, und ich muß die Zeit recht ausnützen, damit ich dieses heilige Buch schneller auslesen kann. – Wie es blitzt und donnert! Vor kurzem habe ich mich noch so gefürchtet, wenn es ein Gewitter gab; aber seitdem ich weiß, daß der Herr Jesus immer bei mir ist, ist mir gar nicht mehr bange. Sei still, Dunaj! – Es ist nun gerade so, als ob der liebe Gott mit uns reden würde.»

Lesina konnte kein Auge von dem Knaben wenden. Wie

lieb er ist! Das habe ich bis heute gar nicht gesehen, dachte er.

«Zeig, was hast du denn da? Ein Neues Testament! Woher hast du denn das? In der Hütte hattet ihr doch keines!»

«Nein, aber ich will es Euch von Anfang an erzählen, wenn Ihr wollt.»

«Erzähle nur!»

Palko setzte sich nach Zigeunerart am Boden hin, Dunaj legte sich zu ihm, und dann erzählte er dem aufmerksam zuhörenden Mann, wie er das Sonnenland und darin das heilige Buch gefunden habe, und wie er nun in diesem Buch den Weg in das wahre Sonnenland suche.

Lesina schlug das Buch auf und betrachtete lange die auf der ersten Seite geschriebenen Worte.

«Was hast du heute gelesen?» fragte er sodann.

«Ein ziemlich großes Stück. Bis dorthin, wo geschrieben steht, wie sie ihn so sehr quälten, bis er starb. Nun kommt gewiß etwas davon, wie er aus dem Grabe auferstanden ist. Ich möchte das Buch, das ‚Evangelium St. Markus' heißt, heute noch zu Ende lesen.»

«Wenn das Unwetter vorüber ist, daß wir etwas sehen können, will ich es dir fertiglesen. Du hast ja nicht mehr viel», sagte Lesina.

Es war, als hätte die Sonne diese Worte gehört, denn sie durchbrach die Wolken. Doch regnete es immer noch.

«O wie bin ich froh!» jubelte Palko. «Siehst du, Dunaj», rief er dem Hund zu, «habe ich dir nicht gesagt, daß wir das Ende noch erfahren werden?» Lesina mußte lächeln.

«Nun also, es ist ja schon hell. Setz dich und höre zu! Nein, warte, wir wollen uns in den Eingang der Felsentür setzen; der Regen trifft uns ja dort nicht.»

So setzten sie sich, Lesina in die eine, Palko in die andere Ecke, und Dunaj legte sich dazwischen, als müsse er unbedingt dabei sei. Zu ihren Füßen lag das Sonnenland, zu ihren Häupten kreuzten sich Blitze. Im Westen schien die

Sonne; im Osten wölbte sich gleich einer Himmelspforte ein schöner, siebenfarbiger Regenbogen. Der erquickende Regen ließ langsam nach. Auf den Wiesen lagen Millionen glitzernder Diamanttropfen – und Lesina las von dem wundervollen Ostermorgen, da die drei gläubigen Frauen anstatt des Leichnams Jesu einen abgewälzten Stein, ein leeres Grab und einen Engel fanden und die herrliche Botschaft vernahmen, daß er, der Gekreuzigte, lebe und nach Galiäa kommen werde. Er las, wie sich der auferstandene Heiland den Seinen offenbarte, erst der Maria Magdalena, die er zu den Jüngern schickte, der sie aber nicht glaubten. Dann offenbarte er sich den zwei, dann allen elf Jüngern und schalt sie, daß sie denen, die ihn gesehen, nicht geglaubt hatten. Dann befahl er ihnen, daß sie in alle Welt gehen sollten, um das Evangelium zu predigen – und dann – dann las Lesina etwas Wunderbares für Palko, nämlich, daß Jesus in den Himmel erhoben wurde, wo er sich zur Rechten Gottes setzte.

Palko sah zum Himmelszelt auf. Nun wußte er doch endlich, wo Jesus hingegangen und warum er nicht auf Erden war, wenn er doch lebte. Er war dort, dort hinter jener Pforte. Dort hatte der himmlische Vater einen herrlichen Thron, und auf dem saß er mit ihm.

«Ach, nun habe ich's!» rief er jubelnd. «Das wahre Sonnenland ist dort hinter jener Pforte, und dies hier ist nur wie ein Feldrain, wie eine Grenze, nicht wahr, Onkel?»

Lesina gab keine Antwort, aber es schien ihm, als ob der Knabe recht habe. Ihm war das Wort Gottes nicht unbekannt. Er war daheim der beste Schüler in der Schule und im Konfirmandenunterricht gewesen. Er wußte, wohin Jesus gegangen war, aber er hatte niemals daran gedacht. Ihm war Christus so fremd und so gleichgültig wie Tausenden und aber Tausenden von «evangelischen Christen», die, obwohl sie alles von ihm wissen, ihr ganzes Leben lang doch nicht an ihn denken.

«Ach», seufzte Palko, «wenn ich nur das Buch bald auslesen könnte! Aber da ich es Wort für Wort lesen muß, geht es so langsam, und ich habe Angst, etwas zu überspringen, denn ich weiß nicht, auf welcher Seite der Weg ins ‚Sonnenland' beschrieben ist.»

«Ich bin der Weg und die Wahrheit und das Leben», fiel es Lesina ein, und er sprach es auch aus.

«Das habe ich schon gelesen; aber ich weiß eben nicht, wie er das meint. Meint er, daß er kommen und mir den Weg zeigen und mich bei der Hand nehmen wird, damit ich ihn sicher finde?»

«Es könnte auch so sein, wie du sagst. Aber wenn er doch so hoch, so fern ist – wir haben ja gelesen, daß er sich zur Rechten Gottes setzte.»

Ein Weilchen blickte der Knabe erschrocken zur schönen Himmelspforte auf. Sie war wirklich so hoch, so fern am Himmel oben, und er war hier unten auf Erden. Wie weit weg mußte da erst Jesus sein!

«Glaubt das nicht, Onkel!» rief er plötzlich mit leuchtenden Augen. «Er ist nicht nur dort! Wir haben ja gelesen, wie er zu seinen Jüngern sagte: ‚Siehe, ich bin bei euch alle Tage bis an der Welt Ende.' Dort oben wohnt er, aber dennoch wandelt er mit uns, und er ist auch gerade jetzt bei uns!»

«Bei uns? Wo hast du ihn?» warf Lesina ungläubig ein.

«Ach, sprecht nicht so, Onkel, ich bitte Euch recht herzlich», sagte Palko leise. «Ich weiß nicht, ob ihm das gefallen könnte. Ihr habt ja gelesen, daß er diejenigen schalt, die ihm nicht geglaubt hatten. Er hat es gesagt, und ich glaube ihm. Denn wenn schon der König der Zwerge sagen konnte: ‚Nebel vor mir, Nebel hinter mir' und sogleich unsichtbar war, warum könnte er es nicht sagen? Ich glaube ihm.»

Donnergrollen ertönte von fern, es klang wie ein feierliches Amen.

«Nun, wenn du willst, werden wir noch weiterlesen, damit du recht bald ans Ende des Buches kommst.»

«Ach ja, lieber Onkel, ich bitte Euch darum!» rief Palko erfreut. «Ihr lest so gut und so klar, daß ich jedes Wort viel besser verstehe.» – Zwei bis drei Stunden vergingen, die beiden merkten es kaum.

Als Lesina endlich das Buch schloß, war der Regen längst vorüber. Das Wasser floß ab, und die Wege wurden schon etwas trocken.

Palko hatte eine Überraschung um die andere erlebt. Er hatte gar nicht gewußt, was für schöne, neue Geschichten im Evangelium Lukas standen, die in den beiden ersten Büchern nicht berichtet waren. Von Johannis und Jesu Geburt, von den Engeln, die den Hirten auf dem Feld erschienen, und wie dann die Hirten das Kind in der Krippe fanden. Und wie dann der zwölfjährige Jesus nach Jerusalem pilgerte.

«An das habe ich gar nicht gedacht, daß er auch einst solch ein kleiner Knabe war wie ich», sagte er zu Lesina. «Da war er gewiß sehr gehorsam und so, daß alle Leute ihn gern hatten.»

Da Palko sich über alles so wunderte, war es auch Lesina, als lese er ganz neue, nie vernommene Dinge, und auch ihm wurde dabei ganz warm ums Herz.

«Warum willst du das Buch hier lassen?» meinte er beim Fortgehen. «Wir wollen es mit uns nehmen. Dann können wir jeden Tag ein Stückchen daraus lesen, und der Großvater kann es auch hören. Sonntags magst du dann das Buch hierher mitnehmen, und wenn wir es ausgelesen haben, bringen wir es wieder zurück.»

Mit diesem Vorschlag war Palko sehr einverstanden.

«Ich habe es nicht gewagt, das heilige Buch wegzunehmen», plauderte er unterwegs. «Aber wenn Ihr denkt, daß der Heiland uns deswegen nicht zürnt, so bin ich sehr froh.»

Sie kehrten ziemlich spät heim; aber da er mit Lesina kam, machte es nichts. Großvater war nicht böse. Palko bekam sein Abendbrot. Er übergab Großvater das verdiente Geld, erfreute ihn mit der mitgebrachten Birne, und dann gingen sie zu Bett.

Palko träumte, er sähe einen schönen Knaben. Der Knabe winkte ihm und rief: «Folge mir nach, ich führe dich ins Sonnenland.» Er eilte hinter dem Knaben einen steilen Berg hinan. Aber als Palko den Gipfel erreicht hatte, fand er drei Kreuze – und an dem einen hing mit durchbohrten Händen und Füßen der schöne Knabe. Es war Jesus. Palko weinte so laut, daß Lesina ihn wecken mußte.

«Warum weinst du denn, was fehlt dir?»

«Ach, Onkel, das mußte ihm doch schrecklich, schrecklich weh tun, ich, ich kann es gar nicht fassen!»

Der Mann fragte nicht weiter. «Er träumt», sagte er sich.

«Oh, mein Jesus, mein schöner, guter Jesus, wie konnten sie dir nur so weh tun!» murmelte der Knabe halblaut. «Wenn du alles kannst, dann gib doch, daß ich erfahre, warum dein himmlischer Vater dich nicht befreit hat! Er hatte dich doch so lieb!»

Palko schlief längst wieder friedlich, und noch immer lag Lesina mit geöffneten Augen da. Die Worte des Knaben ließen ihn nicht zur Ruhe kommen. Warum litt Christus? Warum starb er? Warum hatte Gott das zugelassen? Diese Fragen legte nun auch er sich vor. Dazwischen fielen ihm die Worte ein, die auf dem Titelblatt geschrieben standen: «Lies achtsam Zeile für Zeile, es wird dir den Weg zeigen.» Ob es wohl auch eine Antwort geben mochte auf die Fragen, die ungerufen in der Seele auftauchten?

*

Von jenem Tag an wurde in Jurigas Hütte täglich das heilige Buch gelesen. Sie fingen da an, wo sie am Sonntag aufgehört hatten. Sie opferten mit Freude die Stunde nach dem Mittagessen, während der sie früher ihr Schläfchen gemacht hatten.

Der alte Juriga bewunderte Lesina gar sehr, daß er lesen könne, beinahe wie ein Pfarrer. Er erzählte Lischka von dem Buch, das Palko gefunden hatte, und von den seltsamen Worten, die auf der ersten Seite geschrieben standen. Da stellte sich aus Neugier auch Lischka ein und fehlte von nun an nie dabei. Anfangs hatten die beiden Alten dabei geraucht, aber das Wort Gottes erfüllte bald ihre Herzen mit Ehrfurcht. Sie konnten nicht mehr rauchen, sie zogen ihre Mützen ab und hörten andächtig zu. Es waren alte Wahrheiten, die ihnen teilweise schon von Jugend auf bekannt waren; aber da nun Wort für Wort, Zeile für Zeile gelesen wurden, erschienen sie ihnen ganz neu und wertvoll. Wenn ihnen jemand das Büchlein geschenkt hätte, so hätten sie es vielleicht nicht so eifrig aufgenommen; aber weil es etwas Geheimnisvolles an sich trug, weil der Knabe es auf so wunderbare Weise gefunden hatte und jedes Wort so fest glaubte, wagten auch sie nicht daran zu zweifeln. Lischka und Juriga besprachen sich auch bei der Arbeit über die heiligen Wahrheiten.

«Seitdem mich Euer Knabe gefragt hat, ob der Pfarrer die Macht habe, mir die Sünden zu vergeben, muß ich immerzu darüber nachdenken. Er ist wohl doch nicht der Herrgott für uns einfältige Bauern, wie ich früher gemeint habe. Ich weiß, daß ich keine Vergebung meiner Sünden habe, daß ich nicht mit Gott versöhnt bin, und ich muß mich selbst fragen: Was nützt mir die Beichte?»

Juriga wiegte nachdenklich den grauen Kopf. «Vielleicht können wir aus diesem Buch die Wahrheit erfahren.»

«Wißt Ihr, Onkel, als Lesina uns kürzlich die Geschichte von dem Gichtbrüchigen vorlas, da habe ich jenen Mann darum beneidet, daß sie ihn so zu Jesus brachten und daß er ihm vergab. Ich würde gern die ganze Welt durchwandern, wenn ich ihn nur finden könnte.»

«Großvater», sagte Palko, als sie das elfte Kapitel gelesen hatten, «jener Winkel, wo ich schlafe, der ist doch so wie mein Haus oder meine Stube, gelt?»

«Freilich, das ist dein und Dunjas Palast», lachte der Alte.

«Ich danke Euch!» rief der Knabe erfreut und schwieg sodann.

Aber als die Männer abends heimkehrten, sahen sie, was Palko mit diesem seinem Palast getan hatte. Der ganze Winkel war sauber gekehrt, das Lager stand ordentlich in einer Ecke bereit. In der anderen Ecke prangte ein ausgedienter, beschädigter Krug, mit frischen Feldblumen gefüllt. Die Tür schmückten, wie zu Pfingsten, grüne Zweige.

«Du erwartest wohl einen Gast?» redete Lesina ihn freundlich an.

«Ja, Onkel, er wird kommen und bei uns bleiben; denn ich habe ihn wie Martha dort aufgenommen.»

Die beiden Männer lächelten. Aber weil die übrige, ziemlich unordentliche Hütte gar so sehr von Palkos hübschem Winkelchen abstach, brachten auch sie ihre Sachen in Ordnung, und Juriga hieß Palko, die ganze Hütte sauber zu fegen.

Palko glaubte kindlich, daß der Herr zu ihm gekommen sei. Fühlte er doch seine Nähe, wenn er ihn auch nicht sehen konnte. Und wenn er Erdbeeren, Himbeeren oder Pilze sammeln ging, um sie dann zum Verkauf zu tragen, bat er immer: «Herr Jesus, komm du mit mir, denn ohne dich will ich nicht mehr gehen!»

Lesinas Leid

Wieder waren einige Wochen vergangen, und wieder war es Sonntag. Lesina rüstete sich zur Heimreise. Morgen sollten die Fuhrleute kommen, um sein Holz abzuholen. Aber er wollte noch einmal für einige Wochen wiederkommen.

«Am liebsten möchte ich gar nicht mehr fort von Euch», sagte er, «so wohl ist es einem in den stillen Bergen.»

«Mein Sohn», erwiderte Juriga nachdenklich, «mich dünkt, das ist auch erst so, seitdem wir das Wort Gottes lesen. Du hast gesagt, du hättest daheim die ganze Bibel; du könntest sie uns mitbringen.»

«Das könnte ich wohl; bei uns ist sie ja niemandem etwas nütze.»

«Können sie denn bei euch nicht lesen?»

«Meine Mutter kann kaum buchstabieren.»

«Und hast du keine Frau?» Schon lange hatte Juriga diese Frage stellen wollen, aber er war nie dazu gekommen. «Hast du keine Frau?» wiederholte der Alte, da Lesina nicht antwortete.

«Doch», klang es gepreßt zurück. Man merkte es an der Stimme des Mannes, daß sein Gefährte einen wunden Punkt in seiner Seele berührt hatte.

Sie hatten sich im Wald gelagert. Lesina hatte seinen Kopf auf die Hände gelegt.

«Und sie kann nicht lesen?» fing Juriga wieder an. «Ihr Jungen habt doch mehr gelernt als wir seinerzeit.»

«Sie konnte lesen, Onkel», antwortete er traurig. Im Wald wurde es still. Es war, als hätte sich auch der Natur die Trauer mitgeteilt, die aus den Zügen des Mannes sprach. «Und sie hat es vergessen.»

«Sie konnte lesen?» wiederholte der Greis verwundert.

«Sie hat es vergessen – ach, sie hat alles vergessen! Aber

ich bitte Euch, fragt mich nicht danach; es ist sehr, sehr traurig für mich!»

Juriga glaubte es ihm. Lesina tat ihm leid. Er hatte ihn liebgewonnen wie einen Sohn. Nun lebten sie schon seit einigen Wochen beisammen, und erst heute sah der Alte, daß sein junger Freund ein schweres Leid vor ihm verbarg.

«Weißt du, mein Sohn», sagte er liebevoll, «oft ist es für den Menschen gut, wenn er einem anderen sein Herz ausschüttet. Vielleicht würde auch deine Last leichter, wenn du sie nicht allein trügest.»

«Ach, Onkel, für meine Last gibt es keine Erleichterung; denn das, was geschehen ist, kann nicht mehr ungeschehen gemacht werden.» Abermals wurde er still. –

«Wo ist denn mein Junge?» unterbrach Juriga nach einer Weile das traurige Schweigen.

«Palko?» Lesina schien aus einem schweren Traum zu erwachen. «Ich sah ihn vor einem Weilchen in sein ‚Sonnenland' gehen; er hatte das Neue Testament bei sich, und Dunaj lief mit ihm.»

«Der Knabe denkt an gar nichts anderes als an die Heilige Schrift. Und man muß sich nur wundern, wie er es auffaßt.»

«Ihr habt recht.» Lesina stützte den Kopf in die Hand. «Er kommt mir vor wie das Kind, das der Herr Jesus unter seine Jünger stellte. Er glaubt jedem Wort der Schrift.»

«Aber wir glauben doch auch!»

«Nein, Onkel!» Der junge Mann schüttelte den Kopf. «Wir müßten ein anderes Leben führen, wenn wir wahrhaftig gläubig wären. Oder glaubt Ihr, daß Eure Sünden um Jesu Christi willen vergeben sind?»

«Ach was», sagte der alte Paul und kratzte sich dabei hinter dem Ohr, «ich verstehe das nicht, mein Sohn. Gott der Herr ist heilig, und ich bin ein sündiger Mensch, wie sündig, das sehe ich erst, seitdem das heilige Buch zu uns gekommen und seitdem mein Junge so ganz umgewandelt ist. Er freilich, er glaubt es.»

«Ja, Onkel, er glaubt es, denn er hat die Vergebung wahrhaftig.»

«Und du, mein Sohn?»

«Ich?» Lesina senkte den Kopf. «Ich habe keine Vergebung meiner Sünden; sie liegen so schwer auf mir, als hätte man mir jenen Berg dort auf die Brust gewälzt. Solange ich hier in den Bergen sein kann, ist mir noch leichter ums Herz; aber wenn ich wieder heimkomme und ansehen muß, was meine Sünde angerichtet hat, werde ich wieder mit Hiob seufzen: ‚Der Tag müsse verloren sein, da ich geboren bin'!»

«Ach, mein Sohn, was hast du denn je so Schreckliches begangen, daß du dich so quälst? Du bist doch solch ein rechtschaffener Mensch, daß man nicht bald deinesgleichen findet.» Juriga ergriff teilnehmend Lesinas Hand.

«Was ich getan habe?» Lesina riß sich ungestüm los und schlug die Hände vors Gesicht. «Was ich getan habe, Onkel? Ich habe meine eigene Frau um den Verstand gebracht!»

«Was sprichst du da? Aber wie kam denn das, Unglückseliger?» Daß Lesina die Wahrheit redete, sah sein Freund, als er in das verstörte Angesicht blickte. «Hattest du sie nicht lieb?» forschte er. «Hast du sie etwa mißhandelt, wie das so manche Männer tun?»

«Ich hatte sie lieb, sie war mir das Teuerste im Himmel und auf Erden», stöhnte Lesina. «Am liebsten hätte ich sie auf den Händen getragen.»

«Wie konntest du sie dann um den Verstand bringen?»

«Ich traute ihr nicht. Es war mir immer, als wollte sie mir jemand entreißen. Heute weiß ich, daß sie mir treu war, daß ihr ganzes Herz mir gehörte. Aber damals konnte ich es nicht glauben; ich konnte es nicht ertragen, wenn sie nur mit irgend jemandem freundlich sprach. Glaubt mir, es war eine Krankheit. Es kam so mächtig über mich, daß ich mich nicht beherrschen konnte, und die Leute stachelten mich noch auf. Wenn ich den Herrn doch damals wenigstens so gekannt hätte wie jetzt, seitdem wir die Heilige Schrift lesen, dann hätte ich mich an ihn um Hilfe gewandt! So aber suchte meine Mutter bei allen möglichen alten Weibern Hilfe für mich – und ich ergab mich dem Trunk.» Lesina stöhnte abermals und schwieg.

«Ach, mein Sohn, fahre nun fort, da du schon begonnen hast. Es wird dir leichter werden», ermunterte ihn der Alte.

«Als Gott uns ein Söhnchen schenkte, wurde es für kurze Zeit besser», fuhr Lesina fort. «Aber dann konnte mich sogar das reizende Kindchen nicht mehr erfreuen. So töricht es Euch scheinen mag, ich war auf das Kind eifersüchtig und gönnte ihm nicht die Zärtlichkeit, mit der die junge Mutter es überschüttete. Wenn andere Kinder starben, dann wünschte ich beinahe, es wäre auch gestorben, damit sie es nicht mehr liebkosen könnte. Ach, ich kann weder Euch noch einem Menschen auf der Welt sagen, wie mir zumute war! Ich wußte, daß der Teufel wie ein brüllender Löwe umhergeht und sucht, welchen er verschlinge; aber ich floh ihn nicht, floh die Versuchung nicht, und so kam ich gänzlich unter seine Gewalt.

Als wir neulich lasen, wie der Herr Jesus jenen Besessenen heilte, da erkannte ich, daß es auch bei mir eine satanische Macht gewesen ist, die mich gebunden hielt und ins Verderben trieb.

Ich kann nicht mehr sagen, wie alles gekommen ist, ich weiß nur, daß ich dann eine ganze Woche hindurch trank. Und so betrunken wie ich war, stahl ich meiner Frau das Kind und trug es fort, Gott allein weiß, wohin. Ich weiß nur, daß ich fern von daheim, im Gebirge, bewußtlos aufgefunden wurde. Das Kind war nicht mehr bei mir.

Ich lag dann zwei Wochen ohne Bewußtsein in einer fremden Hütte. Man sagte mir später, ich hätte Fieber gehabt. Als ich nach drei Wochen mit Mühe und Not heimkam und meine Frau mich ganz verzweifelt nach dem Kind fragte, da wußte ich weder, daß ich es mit mir genommen, noch wo ich es gelassen hatte.

Oh, wie wir es dann gesucht haben, das läßt sich nicht schildern! Aber alles Suchen war vergeblich! Meine Frau und meine Mutter dachten sogar, ich hätte es umgebracht. Sie fürchteten sich, ich könnte ins Gefängnis kommen, und so gaben sie nur bekannt, daß das Kind verlorengegangen sei. Da ich nicht daheim gewesen war, schöpfte niemand Verdacht. Wir waren ja als anständige und ordentliche Leute bekannt; daß ich mich manchmal betrank, wußte man wohl; aber wer beachtet das bei uns?

Für meine Frau war es zu viel des Herzeleids gewesen. Als das Kind verschwunden blieb, wurde sie wahnsinnig. Ach, ist das ein Schmerz, sie noch so jung und hübsch in diesem Zustand zu sehen! Manchmal besorgt sie alles, als ob sie völlig bei Vernunft wäre, und im nächsten Augenblick hüllt sie sich in ein Tuch und läuft fort, um ihr Kind zu suchen. Oftmals schon haben gute Leute sie ganz erschöpft zu uns zurückgebracht. Jeder bedauert mich wegen meines schweren Schicksals, aber niemand kennt die wahre Ursache.

Gar oft, wenn ich nachts aufwache und sehe, wie sie im Zimmer umhergeht und die leere Wiege zudeckt, dann ist es mir, als müßte ich zum Gericht eilen und angeben, daß ich Weib und Kind ins Verderben gestürzt habe. Aber dann hält mich meine Mutter mit ihren Bitten wieder zurück und stellt mir vor, was mit ihnen beiden geschehen würde, wenn ich mich einsperren ließe. Allerdings, das bringt mir auch mein Kind nicht zurück und macht auch meine Frau nicht wieder gesund.

Nun habe ich Euch alles gesagt; nun wißt Ihr, mit was für einem Menschen Ihr seit Wochen Euer Heim geteilt habt. Ihr könnt mich jetzt nur fortjagen.»

«Ach, was sprichst du da, mein Sohn! Wie könnte ich solch einen unglücklichen Menschen fortjagen!» Der Alte trocknete sich die Tränen. «Und weißt du wirklich nicht, wohin das Kind geraten ist oder wie du es umgebracht hast?»

«Wohin es geraten ist, weiß ich nicht; aber daß ich es mit diesen meinen Händen nicht getötet habe, weiß ich bestimmt.» Er wischte sich den kalten Schweiß von der Stirn.

«Unglückseliger Mensch, warum hattest du es denn mit dir genommen? Was wolltest du mit dem Kind?»

«Das weiß ich nicht. Ich habe Euch ja schon gesagt, daß ich betrunken war. An eins erinnere ich mich noch gut, nämlich, daß ich ihm ein Stück Brot gab, als es weinte; da waren wir schon in den Bergen. Es ist mir, als sähe ich es noch vor mir, so hübsch und sauber. Die Tränen rollten ihm noch über die Wängelein, aber dann lachte es mich an. Mir wurde der Kopf schwer; ich mußte mich niederlegen. Was weiter geschehen ist, weiß ich nicht. Da man es nirgends gefunden hat, muß ich wohl annehmen, daß es ein Wildschwein zerrissen hat.

Aber da kommt Lischka, reden wir nicht weiter davon; denn da ich mich nicht dem Gericht stellen kann, darf ich das nicht jedem erzählen. Am liebsten möchte ich, daß er mich gar nicht hier trifft.»

Lesina sprang auf, und ehe Lischka kam, war er im Dickicht verschwunden.

Juriga legte sich aufs neue zu Boden. Er schloß die Augen. «Er schläft», dachte Lischka und ging weiter. Aber Juriga hatte nur keine Lust, sich mit ihm zu unterhalten, so sehr beschäftigte ihn die Geschichte Lesinas. Er bedauerte ihn sehr. Nun wunderte er sich freilich nicht mehr, daß Lesina trotz seiner Jugend so traurig in die Welt schaute. Was hätte den Ärmsten auch noch darin erfreuen können? Darum kam er immer so traurig zurück, wenn er daheim gewesen war. Oh, diese unselige Trunksucht, was hatte die schon alles auf Erden angerichtet! Der arme Lesina! Er war noch so jung, wie sollte er nur dieses Leben ertragen? Sein Kind würde er nie mehr wiederfinden, und auch seine Frau würde wohl kaum wieder gesund werden.

«Onkel, Ihr hattet wohl einen bösen Traum?» Lischka legte ihm die Hand auf die Schulter. «Ihr habt so schwer geseufzt!»

«Ja, Nachbar, es war wohl ein böser Traum.» Juriga richtete sich auf. «Es ist gut, daß du mich geweckt hast.»

«Warum seid Ihr so allein? Wo ist Lesina? Wo habt Ihr Euren Jungen?»

«Lesina war vor kurzem bei mir. Palko sitzt gewiß mit seinem Buch im ‚Sonnenland'.»

«Ach, ärgert Euch nicht über ihn!! Er lebt ja auch hier bei uns so, als wäre er im ‚Sonnenland'. Er selbst ist mir, so oft ich ihn ansehe, wie ein kleiner Sonnenstrahl. Gestern, als er aus dem Dorf ging, holte ich ihn ein. Er war vergnügt und sang ein Liedchen. Plötzlich läuft er zu einer weißen Blume, die am Weg steht. Er sieht sie an, dann kniet er nieder, um sie ganz in der Nähe zu betrachten.

‚Was suchst du?' fragte ich ihn.

Er wurde ein wenig verlegen. ‚Ach, nichts, Onkel; ich wollte nur sehen, ob vielleicht irgendwo eine Spur zu sehen ist.'

‚Was für eine Spur?'

‚Nun, von ihm.'

Ich wußte sogleich, wen er meinte.

‚Denkst du denn, der Heiland wandle noch immer auf Erden? Weißt du nicht, daß er gen Himmel gefahren ist, wo er nun zur rechten Hand Gottes sitzt?'

‚Und wißt Ihr nicht, Onkel', fiel er ein, ‚daß er uns versprochen hat: Siehe, ich bin bei euch alle Tage bis an der Welt Ende? Ich weiß es gewiß: Er ist bei mir und geht vor mir her. Wir haben ja gelesen, daß, wenn er seine Schafe hinausgelassen hat, er vor ihnen hergeht. Er ist mein Hirt, und ich bin sein Schäflein. Darum ist er sicherlich auch hier vor mir hergegangen. Ich möchte so gern wissen, ob er sich wohl die Blümlein hier angeschaut hat; sicherlich, denn er hat ja die Blumen gern.'

‚Woher weißt du denn, daß er die Blumen gern hat?' fragte ich.

‚Oh, sie müssen ihm doch sehr gut gefallen haben, wenn er sagt, daß auch Salomo in seiner Herrlichkeit nicht so gekleidet war wie deren eine. Und befiehlt er nicht auch uns, daß wir die Lilien auf dem Feld anschauen, die nicht arbeiten, nicht spinnen, und die der himmlische Vater dennoch kleidet?!'

Onkel, es will mir scheinen, der Junge ist zu klug, um nur solch ein einfacher Holzarbeiter zu werden, wie wir beide es sind.»

«Ja, mein Sohn, was ist da zu machen? Ich will ja gern das Letzte mit ihm teilen. Was ich kann, will ich ihn lehren, aber mehr kann ich nicht tun.»

«Das weiß ich wohl. Schade um den Jungen! Am liebsten wäre es mir, wenn er hier wäre, um uns etwas zu erzählen. Nun, wer weiß, wem er wohl in diesem Augenblick etwas erzählt. Es geht ja kaum ein Mensch vorbei, mit dem er nicht von diesen Dingen redet.»

Unerwarteter Besuch im «Sonnenland»

Lesina hatte sich nicht getäuscht, als er gesagt hatte, daß Palko gewiß in sein «Sonnenland» gegangen sei. Es war so. Aber er saß nicht in der Höhle auf seinem Bänkchen, sondern er ging zwischen den Blümlein auf und ab, welche zu Tausenden die Wiese bedeckten. Er pflückte sie nicht, er plauderte nur mit ihnen und mit den Schmetterlingen, die an ihm vorüberflogen. Dann badete er seine Füße im Bächlein, nicht zur besonderen Freude Dunajs, der das Wasser nicht sonderlich liebte.

«Aber Dunaj», schalt sein kleiner Herr, «warum zertrittst du denn die Blümlein? Blühen sie denn dazu? Und warum scheuchst du die Vöglein? Sieh nur, wie sie sich fürchten, wie sie ängstlich umherflattern! Ein anderes Mal nehme ich dich gar nicht mehr mit!»

«Fürchte dich nicht, Vöglein, er tut dir nichts!» tröstete er den kleinen Zeisig, der ihn so treuherzig mit seinen kleinen Äuglein anblickte. «Dunaj ist nicht böse, er ist nur übermütig. Er weiß nicht, daß das Sünde ist – denn er ist ja nur ein Hund.»

Das Vöglein schien es wohl zu verstehen, denn es sprang wieder fröhlich auf seinem Zweiglein umher.

«Aber nun ist es genug für heute», sagte der Knabe zu den Blümlein, den Vöglein, den Schmetterlingen und Käferchen. «Nun laßt mich in Ruhe, denn ich will lesen.»

Kein Prinz hätte sich ein schöneres Ruhebett wünschen können als das, worauf Palko nun seinen Kopf legte: ein Felsen, mit weichen, smaragdgrünen Mooskissen bedeckt. Ringsumher blühende Sträucher, deren weiß-rote Blüten wie ein bunter Vorhang auf Palko herabhingen. Wohin das Auge fiel, lauter Blumen. Die zarten Kelche neigten sich im Wind, und es war, als ob sie nur ganz leise miteinander zu flüstern wagten, um den kleinen Leser nicht zu stören.

Der tat heute etwas, was auch die großen Leute mitunter zu tun pflegen: wenn sie die Geduld verlieren, dann werfen sie einen Blick auf das Ende des Buches oder blättern hin und her.

«Ach», entschuldigte sich Palko vor sich selbst und stützte den Ellbogen auf das Moos, das Kinn in die Hand, «wir werden ja mit dem Onkel und Großvater das ganze Buch durchlesen; ich will nur schnell einmal das Ende ansehen, denn dort habe ich etwas sehr Schönes gefunden.»

«Und er zeigte mir einen lauteren Strom des lebendigen Wassers, klar wie ein Kristall; der ging von dem Stuhl Gottes und des Lammes. Mitten in ihrer Gasse auf beiden Seiten des Stromes stand Holz des Lebens, das trug zwölfmal Früchte und brachte seine Früchte alle Monate, und die Blätter des Holzes dienten zu der Gesundheit der Heiden. Und es wird kein Verfluchtes* mehr sein; und der Stuhl Gottes und des Lammes wird darinnen sein; und seine Knechte werden ihm dienen und sehen sein Angesicht; und sein Name wird an ihren Stirnen sein!» las Palko.

Wie war das so schön! Das kleine Herz fühlte es, daß hier das wahre Sonnenland beschrieben war. Dort war ein großer, herrlicher Strom, der ausging von dem Thron Gottes und des Lammes.

«Was war das wohl für ein Lamm, das im Himmel einen Thron hatte?» Der Knabe blickte zum Himmel empor. «Das Lamm – siehe, das ist Gottes Lamm», erinnerte sich der Knabe plötzlich. So hatte Johannes der Täufer den Herrn Jesus genannt. Und so hieß er nun auch im Himmel! Das Lamm, das Lamm Gottes. Und Bäume waren dort, welche immer blühten und Früchte trugen. «Was bedeutet das wohl, daß dort nichts Verfluchtes mehr sein wird? Da wird gewiß keiner von denen dort sein, die fluchen!» erschrak der Knabe. «Das muß ich gleich allen Nachbarn sagen, damit sie das Fluchen lassen. Den Herrn Jesus kränkt es gewiß schon genug, daß er sie hier unten anhören muß, dort würde er sich bedanken.»

«Hier steht wieder etwas von dem Thron des Lammes, und daß er dort Knechte hat. Oh, ich möchte ihm auch gern dienen, wenn er mich in seinen Dienst aufnehmen wollte! Ach», fiel es dem Knaben ein, «wie oft mag ich gar nicht gern aufstehen, trotzdem ich weiß, daß ich Großvater Wasser bringen sollte, und gar oft, wenn ich Holz

* Nach der slowakischen Bibelübersetzung

tragen soll, möchte ich lieber mit Dunaj im Wald umherstreifen. Als Großvater Razga Abschied nahm, sagte er mir: ‚Mein Söhnchen, diene dem Großvater Juriga gut, denn er nimmt dich für einen Gotteslohn; was du ihm an den Augen absehen kannst, das tue'!»

«Ach, Herr Jesus» – er faltete die Hände und blickte gen Himmel –, «vergib mir, daß ich dem Großvater nicht besser gedient habe! Ich will ihm jetzt besser dienen, damit du mich, wenn ich in dein ‚Sonnenland' komme, unter deine Diener aufnimmst. Ich möchte so gern bis zu deinem Thron kommen!» – Der Knabe blickte von neuem in das Buch. Da stand: «Sie werden sein Angesicht sehen und sein Name wird auf ihren Stirnen sein.»

«Dann werde auch ich ihn sehen!» Er nickte fröhlich. «Ob er mir dann wohl auch seinen Namen auf die Stirn schreibt? Ich weiß nicht. Das wird wohl eine sehr große Ehre sein – und ich bin doch nur solch ein kleiner, dummer Junge.»

Palko hatte nicht bemerkt, daß er nicht nur laut las, sondern auch laut dachte, und ebensowenig bemerkte er, daß er nicht mehr allein war, trotzdem Dunajs freudiges Gebell einen Bekannten angekündigt hatte. Daher erschrak er nicht wenig, als es plötzlich hinter ihm ertönte:

«Warum nennst du dich einen dummen Jungen, Palko?»

Der Knabe blickte empor und sprang sogleich überrascht auf. Das hätte er sich nicht träumen lassen, daß er hier, in seinem Sonnenland, Herrn Pfarrer Malina begegnen würde.

«Aber nein, wie kommen denn nur Sie hierher, Herr Pfarrer?» rief er aus.

Ein gütiges Lächeln ging über das ernste, etwas bleiche Antlitz des Geistlichen.

«Denkst du etwa, alle Berge seien dein, und ich dürfte, um frische Luft zu atmen, nicht weitergehen als in den Garten meines Pfarrhauses?»

«Nein, das denke ich nicht», erwiderte Palko errötend.

«Aber es ist doch so weit, und heute ist Sonntag. Wer predigt denn da den Leuten in der Kirche?»

«Seht einmal den kleinen Inquisitor! Vormittags habe ich noch gepredigt, und nun bin ich auf Anraten des Arztes für einige Tage hierher wohnen gekommen, weil ich nicht gesund bin.»

«Hier in den Bergen wohnen Sie? Wo denn?» fragte verwundert der Knabe.

«Im Forsthaus.»

«Das ist nahe. Aber bitte, seien Sie mir nicht böse, wenn ich Sie etwas frage!» Der Knabe hatte sich zu den Füßen des Priesters gesetzt, der seinen Platz am Felsen eingenommen hatte. «Wer hat Ihnen denn vom ‚Sonnenland' erzählt?»

«Vom ‚Sonnenland'?» Der Pfarrer blickte überrascht auf: «Nennt ihr dieses Tal so?»

«Ja, das heißt, ich weiß nicht», entgegnete Palko verwirrt. «Das habe ich mir so ausgedacht, weil hier die Himmelspforte ist und dahinter das Land, wo die Sonne nicht untergeht.»

«So, also hier ist die Himmelspforte?» Der Priester blickte auf die schönen Berggipfel und auf die blühenden Bäume. «Nun, ein Stückchen himmlischer Ruhe und ewigen Friedens ist hier. Aber, mein Kind, von selbst bist du auf diesen Gedanken nicht gekommen.» Er strich dem Knaben liebkosend über die Stirn. «Irgendwo mußt du von einem ‚Sonnenland' gehört haben.»

«Wenn Sie erlauben, dann würde ich Ihnen von Anfang an erzählen, wie das war.» Palkos Augen leuchteten.

«Ja, gewiß, erzähle nur!»

Der Herr Pfarrer legte sich bequem ins Moos, und indem er keinen Blick von dem Knaben wandte, ließ er sich von ihm erzählen, wie er das Sonnenland aus dem Märchen gesucht und wie er es hier gefunden hatte und darin dieses Buch, und wieviel er schon daraus über das wahre Sonnenland erfahren habe, und daß er auch damals bei jenem Gewitter die siebenfarbige Pforte dort über den Bergen gesehen habe. Palko sah die Tränen der Rührung nicht, die dem Pfarrer in die Augen traten. – Er erzählte auch, was er soeben gelesen und daß er den Herrn Jesus gebeten hatte, ihn zu seinem Dienst anzunehmen.

«Zeige mir das Buch!» sagte der Herr Pfarrer. «Du könntest es wieder hier in der Höhle lassen. Ich möchte öfters hierher kommen und dann wie du Zeile um Zeile darin lesen und mit dir den Weg in jenes wahre Sonnenland suchen, das keiner Sonne noch des Mondes bedarf, denn seine Leuchte ist das Lamm.»

Der Knabe überlegte einen Augenblick; er kämpfte einen kurzen Kampf. Dann warf er entschlossen den blonden Kopf zurück.

«Ja, Herr Pfarrer. Onkel Lesina geht ohnehin morgen fort, und ich kann noch nicht so gut lesen, daß ich, wie er, den anderen daraus vorlesen könnte; und ich selbst kann ja hierher kommen, um daraus zu lesen. Und wenn ich Sie, Herr Pfarrer, gerade hier treffe, nicht wahr, dann lesen Sie mir daraus vor?»

«Ja, mein Kind, dann lese ich daraus vor; auch jetzt, wenn du willst. Aber zuerst zeige mir deine wunderbare Höhle.»

Sie standen auf. Der Pfarrer konnte seinem voraneilenden kleinen Führer kaum folgen. Bald standen sie in der Höhle.

«Was für ein hübscher Anblick!» sagte erstaunt der Herr Pfarrer. «Du hast recht, das sieht wirklich aus wie eine Stube, und dies hier ist nicht nur eine Bank, sondern geradezu ein Sofa. Und wie hübsche Gewächse und Blumen du hergebracht hast! Du wolltest es wohl in deiner Stube schön haben?» Mit Wohlgefallen betrachtete der Gast Palkos sauber gefegten, mit Blumen und frischem Grün geschmückten Palast.

«Ja, da er, der Herr Jesus, mir versprochen hat, bei mir zu wohnen, denke ich, daß es ihm gefallen wird, wenn ich alles ringsumher hübsch eingerichtet habe», antwortete Palko.

«Und glaubst du wirklich, Palko, daß er immer und überall mit dir ist?»

Der Herr Pfarrer fragte in ganz anderem Ton als Onkel Lesina oder der Großvater; es war gewissermaßen eine ganz andere Frage, und darum fiel es Palko so leicht, zu antworten.

«Ja, Herr Pfarrer, ich weiß, daß er immer, auch in diesem Augenblick, bei mir ist!»

«Sancta simplicitas!»* seufzte der Pfarrer, setzte sich auf die Steinbank, stützte die Ellbogen auf den Tisch und verharrte so eine Weile wie im Gebet.

Palko wagte nicht, ihn zu stören. Es fiel ihm ein, daß er unweit im Dickicht schöne Himbeeren für den Großvater hingelegt hatte. Der Großvater würde sich ja nur freuen, wenn er ihm erzählte, wen er damit bewirtet hatte. Er hatte auch einen hölzernen Löffel bei sich, mit dem er die Beeren aus dem größeren in den kleineren Krug zu füllen pflegte. Eine Schüssel hatte er nicht, aber er hatte in der Nähe schöne, große Blätter gesehen, die als Teller dienen konnten.

Palko brachte beide Krüge herbei. Er wusch den kleineren aus und füllte ihn mit frischem Wasser. In dem anderen waren frisch gepflückte Himbeeren. Er wusch auch den Löffel ab, trocknete ihn sorgfältig mit einem Tüchlein, – und ganz glücklich, solch einen werten Gast bewirten zu dürfen, kehrte er in die Höhle zurück.

Er sah, daß der Pfarrer in seinem Büchlein las; so legte er das große Blatt mit dem Löffel behutsam vor ihn hin und stellte den Krug daneben.

* Heilige Einfalt!

Der Pfarrer hob den Kopf. Sein blasses, ernstes Angesicht erhellte sich. Er ergriff den Knaben bei der Hand.

«Du willst mich wohl bewirten?»

«Nun . . . ich bitte Sie, bedienen Sie sich! Sie haben mir schon so oft ein Mittagessen oder ein Frühstück gegeben, und nun möchte ich Ihnen auch so gern geben, was ich habe!»

«Ich danke dir herzlich. Und damit du siehst, daß ich mich über deine Gastfreundschaft freue, so gib mir von den schönen Himbeeren, damit ich sie auf den hübschen grünen Teller schütte.»

Oh, wie freute sich Palko! Der Herr Pfarrer nahm sich zweimal von den Beeren und trank Wasser nach Herzenslust. Er hatte aus einer Tasche ein Stückchen Weißbrot gezogen und gab Palko, ja sogar Dunaj auch davon.

«Ich habe dir versprochen, ein Stückchen vorzulesen», sagte er sodann; «setze dich, denn ich muß schon bald gehen! Kommst du morgen wieder hieher?»

«Ich glaube kaum. Ich muß wohl Onkel Lesina begleiten, um ihm etwas tragen zu helfen.»

«Dann will ich dein Buch mit mir nehmen und es dir morgen früh oder nachmittags zurückgeben.»

Und dann las ihm der Herr Pfarrer vor, wie der Herr Jesus in den Himmel ging und wie die Engel sagten, daß er wiederkommen werde; aber vorher versprach er, den Heiligen Geist zu senden.

«Ach, bitte, was ist denn das: der Heilige Geist?» fragte Palko, als sie gemeinsam die Höhle verließen.

«Das ist der Geist unseres Herrn Jesu Christi», entgegnete der Herr Pfarrer gedankenvoll. «Diesen Geist muß jeder Christ haben; denn in diesem Büchlein steht: ,Wer Christi Geist nicht hat, der ist nicht sein'!»

«Sie aber haben ihn, nicht wahr?» Die klaren Augen des Knaben blickten so treuherzig in das Angesicht des Priesters. «Sie sind sein?»

Wenn ihn sonst jemand gefragt hätte, dann wäre der Herr Pfarrer wohl kaum die Antwort schuldig geblieben. War er denn nicht getauft? Gehörte er nicht der alleinseligmachenden katholischen Kirche an? Ruhte nicht das Zeichen der Priesterweihe auf seinem Haupt?

«Weißt du, Palko, diese Frage will ich dir ein andermal beantworten, wenn ich mich nach diesem Buch überzeugt habe, wie es mit mir steht.»

Eine Weile schritten sie schweigend dahin.

«Woran denkst du?» fragte plötzlich der Pfarrer und ergriff die Hand des Knaben.

«Was soll ich tun, daß der Herr Jesus mir seinen Heiligen Geist gibt?» entgegnete das Kind mit Bangen.

«In diesem Buch steht geschrieben, daß der himmlische Vater den Heiligen Geist denen geben wird, die ihn darum bitten.»

«Ach, das ist gewiß wahr; er hat ja allen gegeben, die ihn baten; auch mir hat er immer alles gegeben, worum ich ihn gebeten habe. Aber kann man den Heiligen Geist so aufnehmen wie den Herrn Jesus?»

«Ich verstehe nicht, wie du das meinst, Palko.»

«Ach nun, die Martha hat doch den Herrn Jesus in ihr Haus aufgenommen. Und trotzdem ich ihn nicht sehe, habe ich ihn auch bei uns in der Hütte in meinem Winkel und dort in meiner Felsenhöhle aufgenommen; und ich weiß, er ist gekommen und bleibt nun bei mir.»

Der Pfarrer blieb stehen und schloß wie geblendet die Augen. – «Nein», sprach er nach einer Weile wie zu sich selbst, «den Geist Christi mußt du nicht nur ins Haus, sondern ins Herz aufnehmen; so mußt du Christus aufnehmen.»

«Und kann denn dieser Geist in mein Herz einziehen?»

«Ja, mein Kind! Siehst du dort die Sonne, wie sie groß und schön und majestätisch am Himmel untergeht? Und nun sieh das Tautröpfchen, wie klein es dagegen ist. Und doch, was erblickst du darin?»

«Die Sonne. Es hat sie aufgenommen, nicht wahr, Herr Pfarrer?»

«Ja, mein Kind; doch nun gute Nacht!» Ehe der Knabe sich's versah, war er allein.

Langsam sank er auf die Knie.

«Herr Jesus», flüsterte er, «bitte doch deinen himmlischen Vater, daß er auch mir deinen Geist geben möchte! Denn du weißt ja, daß ich auch dein sein will! Ich will ihn auch so aufnehmen, wie das Tröpfchen die Sonne aufgenommen hat. Und gib ihn auch ihm – aber bestimmt! Amen.»

Lesinas kleiner Begleiter

Am nächsten Vormittag verließ Lesina in Palkos Begleitung unweit des Dorfes K. die Berge. Lesina trug seine ziemlich schwere Last auf der Schulter. Palko trug ihm seine Kleidungsstücke in einem Bündel.

«Onkel, kommt Ihr bald wieder?» fragte der Knabe freundlich.

«Ich weiß es nicht, Palko.» Der Mann riß sich von seinen düsteren Gedanken los. «Ich möchte dir etwas mitbringen, wenn ich wiederkomme. Was hättest du denn gern?»

«Ach, Onkel, wenn es Euch nicht gar zu viel kostet, dann bringt mir doch, bitte, einen Bleistift und so ein kleines Büchlein, in das ich etwas schreiben könnte.»

«Nun, das kann ich dir bringen, denn du hast mich gar eifrig bedient. Der Großvater hat mir dein Geld mitgegeben, damit ich dir einen Anzug kaufe; du sollst auch einen Hut von mir bekommen. Neue Stiefel hast du schon bestellt; dann kannst du im Winter zur Schule gehen und lernen, was du noch nicht weißt.»

«Einen Hut wollt Ihr mir kaufen? Da bin ich froh, denn

diesen habe ich schon so lange, daß er ganz löcherig ist. Ach, ich koste Großvater ohnehin schon genug. Wenn ich es ihm nur besser vergelten könnte!»

«Nun, wenn du größer wirst, kannst du ihm eine gute Stütze sein. Auch jetzt hilfst du ja schon allerlei. Er sagte mir, seine Söhne seien in Amerika und auch seine Töchter weit weg verheiratet. Wo sind denn deine Eltern? Bist du das Kind eines Sohnes oder einer Tochter des alten Juriga?»

«Ach woher, Onkel! Großvater hat mich ja nur für einen Gotteslohn angenommen, weil ich keinen Menschen hatte. Mein Großvater hieß Razga; er starb vor zwei Jahren. Wir waren in die Berge gekommen, aber da wurde er krank, und so blieb ich bei Großvater Juriga.»

«So bist du also eine Waise? Ach, da könntest du mit mir gehen, ich habe auch niemanden!» Der Mann streckte dem Knaben die Hände entgegen.

«Habt Ihr denn keine Kinder daheim?»

«Nein. Schade, daß ich Großvater nicht vorher davon etwas sagen konnte! Aber dort kommt Onkel Lischka, der könnte wohl dem Großvater berichten, daß du mit mir gegangen bist.»

Einen Augenblick schien dem Knaben das Anerbieten verlockend. Zum erstenmal im Leben sollte er eine fremde Gegend, ein weiteres Stückchen Welt sehen! Aber plötzlich schüttelte er den Kopf:

«Was würde der Herr Jesus dazu sagen, wenn ich dem Großvater einfach davonliefe? Wer würde ihm Wasser holen und ihm die Suppe kochen? Nein, Onkel, Gott befohlen! Kommt bald wieder: Ihr werdet uns fehlen!»

«Und wie wird mir wohl zumute sein!» dachte der Mann. Aber er überredete Palko nicht weiter. Der Knabe hatte recht; er durfte Juriga nicht im Stich lassen.

«Nun gehe heim», sagte er nach einer Weile, «sonst überrascht dich die Nacht; ich kann das Bündel ganz gut allein tragen.» Aber Palko wollte davon nichts wissen.

«Ihr tragt ohnehin schwer genug, Onkel», meinte er. «Auf dem Rückweg kann ich dann um so besser laufen.»

«Aber du könntest im Dunkel den Weg verfehlen. Der Mond scheint heute nicht.»

«Oh, ich verirre mich nicht, ich bin doch schon so oft hier gegangen! Großvater Razga pflegte zu sagen, daß solche Kinder, die einst in den Bergen gefunden wurden, sich nie mehr in den Bergen verirren können.»

«So habe ich euch doch noch eingeholt», ertönte in diesem Augenblick Lišchkas Stimme. «Junge, gib mir das Bündel und lauf, was du kannst, damit dich die Nacht nicht unterwegs überrascht.»

«Also, geht mit Gott, Onkel Lesina, und Ihr auch, Onkel Lischka!» Der Knabe drückte den Männern die Hand und eilte davon.

»Grüße den Großvater!» riefen sie ihm nach. Und dann verschwand er in den Bergen wie ein kleiner Sonnenstrahl.

Im Forsthaus

«Hört einmal, Onkel, dieser Lesina war den ganzen Weg so wunderlich», erzählte Lischka am nächsten Tag seinem alten Freund. «Er sprach die ganze Zeit kaum ein Wort. Ob ihn wohl etwas bedrückt?»

«Der Arme!» dachte Juriga. «Er hat freilich schwer genug an dem zu tragen, was ihn bedrückt.» Lischka sagte er nur, daß Lesina daheim eine kranke Frau habe, die ihm viel Sorge mache.

«Nun, Gott mache sie ihm bald wieder gesund, damit er bald wieder zu uns kommt!»

Die beiden Männer hatten sich nicht getäuscht. Sie fühlten sich wirklich recht einsam ohne Lesina, um so mehr, als sie auch Palko nicht daheim hatten. Der Förster hatte nach ihm geschickt, er sollte den Herrn Pfarrer bedienen und ihn in den Bergen umherführen; denn das Kind war in den Bergen zu Hause wie kein anderes.

«Laßt ihn ziehen», sagte der Waldhüter, der den Auftrag des Försters überbrachte. «Der geistliche Herr wird es nicht umsonst von Euch verlangen. Er ist ein großer Kinderfreund, und Palko wird es sehr gut bei ihm haben.»

Juriga war begierig, was Palko dazu sagen würde, und er wunderte sich über den Jubel des Knaben. Der sprang vor Freude, als er diese Nachricht vernahm.

«Das ist ein gar guter Herr», erzählte er dem Großvater, «und ich habe ihn sehr gern.»

Nun begann ein Leben für Palko, wie er es sich nie hätte träumen lassen. Im Forsthaus schlief er auf dem Sofa in derselben Stube wie Pfarrer Malina.

Und wie schön war es da! Des Morgens tranken sie Milch nach Herzenslust, dann steckte ihnen die Frau Försterin einen Imbiß in die Tasche, und dann ging es fort. Gar oft führte Palko den Herrn Pfarrer an grausigen Schluchten entlang, dann wieder galt es, Bächlein zu überspringen und an Felsen emporzusteigen, aber der Herr Pfarrer folgte ihm willig überall hin. Er trug auch eine Tasche, in die er Pflanzen, Blumen und Moose sammelte, und er war seinem kleinen Führer dankbar, weil dieser ihm die schönsten Plätzchen zu zeigen wußte.

Nachdem sie tüchtig gelaufen waren, legte er sich auf eine Reisedecke, die ihm der Knabe trug. Und dann lehrte er ihn die Namen der Pflanzen kennen sowie manche andere nützliche Dinge.

Als er sah, daß Palko schon ziemlich gut lesen konnte, fing er an, ihn schreiben und rechnen zu lehren. Hier fiel es dem Knaben nicht so schwer wie in der Schule.

Manchmal schlief der Herr Pfarrer ein, denn er war ein

wenig schwach; unterdessen suchte Palko Pilze, um der Frau Försterin nicht die leere Tasche heimzubringen.

Der Onkel war sehr froh darüber, daß Dunaj nicht mit Onkel Lesina fortgegangen war.

«Ich will ihn dir dalassen; du würdest ihn vermissen», hatte der Onkel gesagt.

Dunaj begleitete sie. Jeden Morgen kam er ins Forsthaus. Aber er übernachtete nicht dort, weil er sich mit den anderen Hunden nicht vertragen konnte. Der Herr Pfarrer pflegte zu sagen, daß sie es ebenso machten wie manche Menschen. Er selbst hatte Dunaj gern und lachte herzlich, wenn er am Morgen oft ganz schmutzig dahergesprungen kam. Der Hund wußte genau, zu welcher Stunde er kommen mußte.

Aber für Palko waren es die schönsten Augenblicke, wenn der Herr Pfarrer das Neue Testament hervorzog. Er trug es immer bei sich und las darin. Es gab allerdings auch sehr viele Dinge darin, von denen Palko nichts verstand. Die Geschichte von den Aposteln hörte sich zwar noch sehr gut an. Gewiß, wenn nicht der Heilige Geist auf Erden gewesen wäre, dann hätten jene Leute auch nicht solche Wunder tun können. Dann aber kam ein Brief, der die Aufschrift trug: «an die Römer.» Davon verstand Palko beinahe gar nichts. Der Herr Pfarrer dagegen konnte ihn nicht oft genug durchlesen. Immer wieder las er ihn, und dann war er stets tief in Gedanken versunken, besonders wenn er in dem Brief die Worte las:

«Nun aber preiset Gott seine Liebe gegen uns, daß Christus für uns gestorben ist, da wir noch Sünder waren.»

«Ach, bitte, Herr Pfarrer», hielt Palko an, «das möchte ich gerne verstehen, denn das ist etwas sehr Gutes!»

«Da hast du recht, mein Kind. Das ist das Beste, was es überhaupt geben kann: Christus starb für uns!»

«Für uns?» rief Palko verwundert aus. «Ich habe gedacht, er sei gestorben, weil ihn die bösen Juden gekreuzigt

hatten. Wieso ist er denn für uns gestorben – und warum?»
Da öffnete der Pfarrer aufs neue das Evangelium Johannes und las ihm von Mose und von der ehernen Schlange vor, und dann erzählte er Palko, wie es den Juden erging, als sie aus Ägypten zogen. Als sie unterwegs sehr böse waren, da stachen sie die Schlangen, und sie starben, daß es ganz schrecklich war. Aber als dann die Gebissenen im Glauben an Gott zu der ehernen Schlange aufsahen, wurden sie dadurch geheilt.

«Die feurigen Schlangen», erklärte der Pfarrer, «das sind unsere Sünden. So wie jene Schlange dort in der Wüste auf einer Säule hing, so mußte der Sohn Gottes für unsere Sünden am Kreuz hängen.»

Aber da Palko das nicht gut verstehen konnte, erzählte er ihm, wie die Kinder Israel einst in Ägypten waren. Da schickte Gott den Mose, der sie herausführen sollte. Aber der böse Pharao wollte sie durchaus nicht ziehen lassen. Da wurde Gott sehr erzürnt und befahl seinem Engel, alle erstgeborenen Söhne der Ägypter zu töten, vom erstgeborenen Sohn Pharaos an bis zum Erstgeborenen des letzten Bettlers. Er hätte eigentlich auch jeden Erstgeborenen unter den Kindern Israels töten müssen, aber der Herr hatte befohlen, in jedem israelitischen Hause ein reines Lamm zu schlachten und die Türschwelle mit dem Blut des Lammes zu bestreichen. Denn dort, wo der Würgengel das Blut sehen würde, sollte er schonend vorübergehen.

«Siehst du, Palko, so hätten auch wir um unserer Sünde willen sterben müssen, und der höllische Pharao wollte uns nicht losgeben. Aber da erzeigte Gott eben seine Liebe gegen uns; denn da wir Sünder waren, ist Christus für uns gestorben. Er erlitt den Tod an unserer Statt; darum ist er das Lamm Gottes, das die Sünden der Welt trägt.»

Plötzlich bedeckte Palko sein Gesicht mit beiden Händen.

«Oh, Herr Jesus», rief er weinend, «mein lieber, guter

Herr Jesus, nun weiß ich, warum dein himmlischer Vater dich nicht erhörte, als du ihn batest, warum er dich nicht befreite, denn du mußtest ja für meine Sünden sterben, so wie dort das Lamm für die Juden! Darum hast du nun die Macht, den Menschen die Sünden zu vergeben; denn wir sind ja die Ursache dafür, daß du sterben mußtest!»

Der Knabe schwieg. Er hatte sich ins Gras geworfen; er wußte nicht, was sein liebevoller Freund inzwischen tat. Als er sich nach einer Weile aufrichtete, war er allein. Das Büchlein fand er aufgeschlagen an seinem Platz, und es lagen Tautropfen auf dem Blatt.

Von jenem Tag an war der Pfarrer noch ernster als zuvor; er betete viel. Palko hatte es gern, wenn er betete, sei es in den Bergen oder daheim. Nachts, wenn Palko erwachte, sah er ihn oft vor einem kleinen hölzernen Kreuz knien.

Gewöhnlich redete Palko dann auch mit seinem Heiland, und dabei wurde es ihm so wohl zumute.

Eines Samstags, als schon die zweite Woche zu Ende ging, hörte Palko die Frau Försterin zu ihrem Mann sagen:

«Anstatt sich zu erholen, sieht der Herr Pfarrer mit jedem Tag schlechter und bleicher aus. Es scheint, daß ihn eine Sorge drückt. Und morgen möchte er daheim predigen. Das sollte er aber doch nicht tun.»

«Weißt du, Frau, er kann eben ohne seine Predigt nicht sein, gerade so wie ich nicht ohne meine Flinte oder du ohne deinen Kochlöffel. Wenn er wäre wie die anderen, dann würde er sich vielleicht nicht viel daraus machen; aber er ist ein guter, gewissenhafter Mensch.»

Als Palko mit dem Herrn Pfarrer durch den Wald schritt, fragte er plötzlich:

«Ist das wahr, Herr Pfarrer, daß Sie so große Sorgen haben?»

«Wer hat dir denn das gesagt, mein Kind?»

«Im Forsthaus sprachen sie davon. Die Frau Försterin ist

bekümmert, weil Sie so blaß sind; sie denkt wohl, Sie seien krank.»

«Sie irrt sich nicht, mein Kind; ich bin todkrank. Aber für diese Krankheit gibt es kein Heilmittel auf Erden.»

«Auch beim Herrn Jesus nicht?» fragte erschrocken der Knabe. Er nahm die weiße Hand des Pfarrers zwischen seine kleinen, braunen Hände.

«Auch beim Herrn Jesus nicht!» wiederholte der Pfarrer und blickte in die Augen des Kindes, die voll Teilnahme und Sorge auf ihm ruhten. «Er hat Hilfe, Palko, aber . . .»

«Oh, so bitten Sie ihn doch! Sie wissen ja, wie er jeden gesund machte, auch den Gichtbrüchigen, obwohl er ihn nicht selbst bat. Wie wäre es, wenn wir ihn sogleich bitten würden?» – «Möchtest du mir bitten helfen?»

«Ach ja, so wie die Boten des Hauptmanns von Kapernaum, als sie sagten: ‚Er ist es wert, daß du es ihm erzeigest'!»

«So sollst du nicht bitten, Palko, denn ich bin seiner Gnade nicht wert.»

«Ach, wie könnte ich Ihnen nur helfen?» grübelte der Knabe. «Wie wäre es, wenn Sie ihn bitten würden wie jener Mann, der dort im Tempel bei der Türe stehen blieb – wissen Sie noch –, und über den sich dann jener stolze Pharisäer so sehr rühmte?»

«Du hast recht, mein Kind; das ist das einzige Gebet für mich.»

Der Herr Pfarrer sprach nicht weiter, und sie kehrten an diesem Vormittag ziemlich bald ins Forsthaus zurück.

Am Nachmittag sollte Palko seinen Herrn heimbegleiten und im Pfarrhaus übernachten, und am nächsten Morgen sollte er zu seinem Großvater gehen, um den Sonntag mit ihm zu verbringen.

«Aber wie kann ich denn in so schmutzigen Kleidern mit ihm gehen?» dachte Palko besorgt. «Hätte ich doch schon den neuen Anzug und den neuen Hut!»

Er klagte der Frau Försterin seine Sorgen, als er ihr wie gewöhnlich nach dem Mittagbrot in der Küche das Eßgeschirr reinigte.

«Sei unbesorgt, Palko; ich habe auch schon daran gedacht und dir ein paar Kleidungsstücke von meinem Knaben zurechtgelegt, weil du den Herrn Pfarrer so gut bedient und auch mir immer so nett geholfen hast.»

Palko bekam ein hübsches, schneeweißes Hemd und blaue Beinkleider; auch eine Jacke hatte sie heimlich gewaschen. Sie war ein wenig eingegangen; er hing sie nur über die Schulter.

Als Palko sich im Bach besah, hätte er sich selbst kaum wieder erkannt. Seine Schuhe hatte er sich selbst geflickt und blank geputzt, als er des Herrn Pfarrers Schuhe putzte, auch neue Bänder hatte er hineinbekommen. Es war kein Wunder, daß er mit dem Gepäck überglücklich an der Seite seines Herrn einherschritt. Und dieser freute sich mit ihm.

«Behüte Euch Gott, und vielen Dank!» rief Palko noch von weitem der Förstersfrau zu, die ihnen nachblickte.

«Palko, führe mich den kürzesten Weg, den du mit Dunaj zu gehen pflegst», sagte der Herr Pfarrer nach einer Weile.

«Dann werden wir früher im Dorf sein, trotzdem Sie nicht so gut laufen können wie ich!» rief der Knabe erfreut. «Und fürchten Sie sich nicht, es ist ein guter Weg. Sonst würde ich Sie nicht dort durchführen, denn der Herr Förster hat mir eingeschärft, daß ich Sie nicht etwa über Stock und Stein führe.» Der Herr Pfarrer mußte lachen.

«Oh, Palko, wenn er wüßte, wohin ich dir überall nachklettern mußte! Aber fürchte dich nicht, ich verrate es ihm nicht. Die schönsten Blumen wachsen gerade an den gefährlichsten Stellen. Ehe wir jedoch unten angelangt sind, könntest du mir wieder etwas erzählen, so wie damals, als wir in deinem ‚Sonnenland' zusammentrafen. Erzähle mir etwas von deiner Familie!»

Palko freute sich, daß der Herr Pfarrer nicht mehr so traurig war, und er erzählte bereitwillig, wie er vor zwei Jahren mit Großvater Razga in diese Berge gekommen war, wie dann der Großvater erkrankte und nach Hause fuhr, um zu sterben, und wie er ihn dem Großvater Juriga «für einen Gotteslohn» übergeben hatte.

Der Herr Pfarrer wunderte sich, daß Palkos Eltern das erlaubt hatten.

Hierauf erzählte ihm der Knabe, wie Mutter Anna ihn in den Bergen gefunden und, da sich niemand meldete, behalten hatte.

Der Herr Pfarrer hörte ihm mit viel Interesse zu.

«Palko, und wenn nun Großvater Juriga sterben würde, was würdest du tun? Wohin würdest du gehen?»

Der Knabe blieb stehen. Halb überrascht, halb erschrokken blickten die blauen Augen umher.

«Ich denke, der Herr Jesus würde mir wohl weiter helfen. Denn er hat doch damals die Mutter geschickt, als ich verirrt war. Und als sie starb, hat er mich Großvater Razga, und als dieser starb, Großvater Juriga übergeben. Die Hütte in den Bergen gehört uns nur, solange mein Großvater lebt, und das Häuschen – wenn wir ins Dorf kommen, zeige ich es Ihnen – gehört wohl Großvaters Kindern. Da könnte ich nicht bleiben. Aber ich bin ja schon ziemlich groß, es würde mich wohl jemand in den Dienst nehmen. Wenn Sie, Herr Pfarrer, einen Hirtenjungen brauchen könnten, dann würde ich am liebsten zu Ihnen kommen.»

«Zu mir?» rief der Pfarrer. «Das ist ein guter Gedanke. Wenn ich noch am Leben bin und dein Großvater sollte sterben, dann gehe nirgends anders hin als zu mir. Gib mir die Hand darauf, daß du nirgends anderswo hingehst.»

O wie gern legte Palko seine kleinen Finger in die feine Hand des Herrn Pfarrers!

Ihr Gespräch wurde durch einige Frauen unterbrochen, die sie zum Pfarrhaus begleiteten.

Dort bekam Palko ein gutes Abendessen, und über Nacht nahm ihn der Herr Pfarrer wieder in seine Stube.

Aber zuerst nahm jeder ein Bad, was sie nach dem weiten Weg sehr erquickte.

Der Knabe konnte kaum beten, so schläfrig war er. Er fühlte nur noch, daß ihn der Herr Pfarrer zudeckte, seine Stirne streichelte und küßte – und dann war er fest eingeschlafen.

Bei Sonnenaufgang erwachte Palko wie gewöhnlich und richtete sich auf seinem Lager auf. Er blickte in dem fremden Raum umher. Sein Blick traf das Fenster, und schon wollte er leise aufstehen, um sich anzukleiden. Aber da – was war denn das? Am Fenster saß, vollständig angekleidet, das heilige Buch auf den Knien, der Pfarrer. Aber er las nicht. Er hatte die Augen wie zum Schlaf geschlossen und lächelte selig, wie in einem schönen Traum.

Die Morgenröte stand am Himmel; ein rosiger Schimmer verklärte das sonst so bleiche Antlitz.

Der Knabe schlich auf den Fußspitzen hinaus; er wusch sich am Brunnen, trocknete sich ab und kämmte sein Haar; dann kehrte er leise wieder zurück.

Der Herr Pfarrer saß noch immer an seinem Plätzchen beim Fenster, aber er hatte die Augen geöffnet und betrachtete die aufgehende Sonne.

Der Knabe stahl sich zu ihm und kniete – er wußte selbst nicht, warum – neben dem Priester hin.

«Palko, bist du schon auf?» Die Hand des Mannes ruhte auf seinem Kopf.

«Es ist ja Morgen.»

«Jawohl, ein so schöner Sonntagmorgen, so schön wie damals, als Maria den Auferstandenen fand.»

«Gelt, Herr Pfarrer, heute sind Sie nicht traurig?»

«Heute? O nein, mein Kind, heute bin ich sehr, sehr glücklich! Dir kann ich es sagen, denn du wirst mich verstehen und dich mit mir freuen. Auch ich habe heute nacht den Weg ins wahre Sonnenland gefunden! Endlich kann ich dir und mir die Frage beantworten: Ich habe den Geist Christi! Ich habe den Heiland so aufgenommen wie damals Martha, so wie das Tautröpfchen die Sonne. Danke mit mir dem Heiland, daß er mir vergeben und mich angenommen hat! – Hernach möchte ich mich ein wenig hinlegen, denn ich habe die ganze Nacht nicht geschlafen. Aber das tut nichts, es war die herrlichste Nacht meines Lebens!»

Sie beteten zusammen. Dann legte sich der Herr Pfarrer angekleidet auf das Sofa. Palko brachte ihm ein Kissen aus dem Bett.

«Ruhen Sie sich gut aus», sagte er besorgt, «denn wie werden Sie sonst predigen können?»

Der Pfarrer drückte das Kind ans Herz: «Wie ich heute predigen werde? So wie noch nie in meinem Leben. Darf ich doch heute zum erstenmal ein Zeuge Jesu sein.»

Palko wartete, bis sein Herr eingeschlafen war, und schlich sodann leise zur Stube hinaus. Er wollte ohne Frühstück davoneilen; aber die alte Magd bemerkte ihn. Sie gab ihm ein Stück Brot und ein wenig Milch, dann ließ sie ihn ziehen.

Palko sehnte sich schon nach seinem Großvater. Er hatte ihn in diesen beiden Wochen nur zweimal gesehen, einmal in der Hütte, zum zweitenmal im Wald.

«Es ist mir ordentlich langweilig ohne dich», hatte Großvater Juriga gesagt, «aber diene nur den Leuten: wer weiß, wozu es im Leben nützen kann!»

Gottes kleiner Diener

Unterdessen hatte sich in der Hütte etwas Unerhörtes zugetragen. Der alte Paul hatte einen Brief bekommen, nicht aus Amerika von seinen Kindern, sondern von Lesina. Er war froh, daß er Lischka von Lesinas kranker Frau erzählt hatte; denn dieser las ihm den Brief vor, und darin war auch von ihr die Rede.

Juriga mußte Lischka sagen, daß sie ein wenig geistesgestört sei, denn Lesina schrieb:

«Meine Frau habe ich soweit gesund angetroffen; aber meine Mutter sagte, ich dürfe nicht mehr fortgehen, denn sie könnte sie nicht daheim hüten. Aber wie Ihr wißt, muß ich nochmals zurückkehren, weil ich sonst großen Schaden hätte. So habe ich daran gedacht, daß ich sie lieber mit mir nehmen will; und ich bitte euch recht herzlich, laßt Euren Knaben um sie herum sein! Er ist so lieb; sie wird gewiß Gefallen an ihm finden. Er kann dann mit ihr ausgehen und sich überhaupt immer in ihrer Nähe aufhalten. Ich verlange es ja weder von Euch noch von ihm umsonst. Ach, habt Erbarmen mit uns beiden unglücklichen Menschen!

Palko kann uns seinen Winkel überlassen und wieder zu Euch hinübergehen. Kochen und waschen wird meine Frau für uns alle, denn sie tut diese Arbeiten auch daheim. Wenn ich Palko bei ihr lassen kann, dann wird es mir sein, als habe mir der Herr Jesus selbst einen Schutzengel gesandt. Ich habe gestern in der Bibel im Propheten Jesaja gelesen; dort fand ich die Worte: ‚Und ein kleiner Knabe wird sie führen.' Da sah ich plötzlich Palko vor mir. Ich ahne es, er ist der kleine Knabe, welcher uns zu Gott führt. Oh, daß wir glauben könnten wie er!»

Lischka fuhr sich während des Lesens wiederholt über die Augen. «Ja, wahrhaftig, so ist es: ein kleiner Knabe wird sie führen; er ist dieser kleine Knabe.»

Juriga freute sich, daß er Lesina einen Dienst erweisen konnte. Platz gab es ja genug, die Ärmste sollte nur kommen! Oh, und möchte es der barmherzige Heiland doch geben, daß Palko ihr dienen könnte! – Ach, wenn jemand Palko das gesagt hätte, was ihn daheim erwartete! Alles in der Welt hätte er eher gedacht, als daß er nicht mehr zu seinem Herrn Pfarrer zurückkehren dürfte.

Wie lieb er ihn hatte, das wußte der Knabe erst, als der Großvater sich durchaus nicht erbitten ließ, ihn am Montagmorgen wieder zu ihm ziehen zu lassen. Er sagte, daß heute nachmittag Onkel Lesina mit seiner Frau kommen würde. Er, Palko, müsse diese Frau gut bedienen, während Großvater und Onkel bei der Arbeit sein würden. Er müsse stets bei ihr in der Hütte sein, um ihr alles Nötige zu holen; und falls sie Pilze suchen wolle, müsse er mit ihr gehen.

Vergebens bestürmte er den Großvater, daß der Herr Pfarrer ihn brauche, da er doch krank sei, daß er ohnehin nur auf einige Tage ins Forsthaus zurückkomme und niemand zur Begleitung haben würde.

«Nun schweige mir endlich mit deinem Pfarrer!» schrie der Alte erzürnt. «Dieser Pfarrer ist für dich ein fremder Mensch, ein Katholik, und Lesina gehört zu uns; ihm müssen wir vor allen Dingen behilflich sein. Du sagst doch immer, daß der Heiland bei dir wohnt und alles hört; ich weiß nicht, wie ihm das gefiele, wenn er wüßte, daß du einem unglücklichen Menschen nicht dienen willst. Montag früh gehst du ins Forsthaus absagen – und nun kein Wort mehr!»

Palko nahm den Krug, um Wasser zu holen. Aber als er bei der Quelle angekommen war, warf er sich ins Gras und weinte, als müsse ihm das Herz brechen. Dann stützte er den Ellbogen auf den Boden, das Kinn in die Hand und sprach zu sich selbst:

«Muß ich denn wirklich einem jeden dienen? Der Onkel hätte seine Frau auch lieber dort lassen können! Wozu mußte er sie herbringen? Und nun kann ich dich auch gar nicht mehr bei mir aufnehmen, Herr Jesus! Die Martha hätte dich ja auch nicht aufnehmen können, wenn man ihr ihr Haus weggenommen hätte. Mir haben sie mein Winkelchen genommen, dort sollen der Onkel und die Tante sein – und ich soll wieder zum Großvater gehen! Aber nein, ich mag nicht! Da lege ich mich lieber mit Dunaj unter den freien Himmel! – Und der Herr Pfarrer sei für mich ein fremder Mensch, sagte der Großvater. Das ist nicht wahr. Ist denn Onkel Lesina aus der Verwandtschaft? Keineswegs; etwa weil er bei uns wohnt und mit dem Großvater ins Holz geht? Und der Großvater ist ja gar nicht mein Großvater ich bin hier unter lauter fremden Leuten.»

Von neuem brach der Knabe in bittere Tränen aus. – «Aber Junge, was treibst du denn da?» fragte plötzlich der Großvater neben ihm.

Palko ließ sich nicht stören. «Weil ich gar nicht Euer bin; weil ich keinen Menschen habe und mich zwischen lauter Fremden herumdrücken muß!» stieß er schluchzend hervor. Juriga tat der Knabe leid.

«Nun höre auf», sprach er ihm liebevoll zu. «Setze dich, denn ich will dir etwas sagen.» Die freundlichen Worte beruhigten das kleine, stürmisch erregte Herz. Der Knabe gehorchte und setzte sich neben den Großvater.

«Warum jammerst du so, daß ich dich nicht zu dem Priester lassen will? Der ist ein Herr, der viel Geld hat, der wird leicht einen anderen Boten finden; Lesina dagegen gehört zu uns, er ist arm wie wir und sehr unglücklich. Wir lesen doch in dem heiligen Buch wie der Heiland mit den unglücklichen Menschen Mitleid hatte, wie er ihnen half – und du willst Lesina nicht helfen? Das hätte ich nicht von dir erwartet!»

«Warum nennt Ihr Onkel Lesina unglücklich? Es fehlt

ihm doch nichts!» wagte Palko schüchtern zu entgegnen. Er fühlte, daß er unrecht getan hatte; denn er hatte nicht so handeln wollen wie Jesus.

«Ich würde es dir sagen, Junge, aber du müßtest mir versprechen, daß du es niemandem, weder Lischka noch Lesina, sagen wirst.»

«Ich werde es nicht sagen, Großvater.» Der Knabe legte seine Hand in die schwielige Rechte des Greises.

«Nun höre zu: Onkel Lesina hatte auch einen kleinen Jungen, und der ist verlorengegangen. Seine Frau hat sich so sehr darüber gegrämt, daß sie beinahe den Verstand verloren hat; sie will immerzu das Kind suchen. Darum bringt Onkel Lesina sie mit, damit sie sich daheim nicht irgendwo verirrt. Sie wird auch hier das Kind suchen, darum mußt du immer mit ihr gehen.»

«Und es ihr suchen helfen?» Bei diesen Worten sprang der Knabe auf. Über seine Wangen rannen noch Tränen; die Augen waren noch feucht. Aber sein kleines Gesicht strahlte schon vor Eifer und Freude.

Juriga war froh, daß es ihm gelungen war, Palko zu gewinnen. War er doch ein Kind, und Kinder und Narren gehören ja gewissermaßen zusammen; mochten sie gemeinsam nach dem Verlorenen suchen. Wenigstens wußte der Alte, daß er Palko sicher hatte, daß er ihm nicht zu seinem Pfarrer weglaufen würde.

«Aber vergiß nicht», ermahnte er ihn, «du darfst weder vor Lesina noch sonst vor jemandem den Knaben erwähnen.»

«Aber mit der Tante darf ich wohl von ihm sprechen?»

«Das darfst du wohl.»

«Also, ein Junge war es? Wie groß war er denn? Damit wir ihn gleich erkennen, falls wir ihm begegnen.»

«Oh, noch klein, noch im Hemdchen.»

«Das arme Würmchen!» meinte Palko mitleidig.

Während dieses Gesprächs waren sie zur Hütte zurückgekehrt. Der Knabe hatte gar nicht bemerkt, daß der Großvater den Krug tragen mußte, so sehr beschäftigte ihn das Gehörte. Es tat ihm nicht mehr leid, daß er seinen Winkel hergeben mußte. Er half ein größeres Lager herzurichten.

«Nicht wahr, Großvater, wir können ja auch hier den Herrn Jesus aufnehmen?» fragte er.

«Freilich, mein Sohn; wie sollten wir ihn nicht aufnehmen? Die ganze Hütte ist ja sein!»

«Ja, da bin ich aber froh!»

Freilich, am anderen Morgen, als Palko ins Forsthaus absagen gehen mußte, fiel ihm das sehr schwer, besonders weil er dem Herrn Pfarrer gar nicht mehr «Lebewohl» sagen konnte.

Aber wie groß war seine Freude, als er vor dem Forsthaus den Herrn Pfarrer stehen sah! Dieser genoß gerade die schöne Aussicht, aber er bemerkte Palko sogleich.

«Willkommen, Palko! Heute bin ich früher aufgestanden als du; du kommst etwas spät mich abzuholen.»

«Ich komme gar nicht mehr, um Sie abzuholen!» stieß der Knabe nun weinend hervor. «Ich soll Ihnen einen schönen Gruß vom Großvater ausrichten, und Sie möchten sich jemand anderen besorgen. Er braucht mich jetzt daheim. Er hat gesagt, daß solch ein Herr wie Sie für Geld leicht jemanden findet.»

«Einen zweiten Palko werde ich für Geld nicht finden», sagte der Pfarrer, indem er Palko liebkoste. «Aber wozu braucht er dich denn? Vielleicht ließe er mit sich reden, wenn ich selbst zu ihm hinginge; ich kann ja ohnehin nur bis Mittwoch hier bleiben.»

«Ach nein, das hilft nichts», seufzte Palko. Er trocknete die Tränen ab und erzählte in kurzen Worten, warum er daheim bleiben und wem er künftig dienen müsse. Er fügte auch hinzu, wie sehr er hierüber unglücklich gewesen sei. «Aber ich will ja den Großvater nun zufriedenstellen; ich weiß nur nicht, ob der Heiland jetzt erzürnt ist.»

Der Herr Pfarrer setzte sich auf einen gefällten Baum, Palko kniete neben ihm und schmiegte seinen Kopf an seine Knie. «Zürnen? Ach nein, er hat dir nicht gezürnt, Palko; aber er hat sich wohl verwundert.»

«Verwundert? Worüber denn?»

«Nun, es ist doch noch gar nicht so lange her, daß du dich ihm als Diener angeboten hast. Er dachte, es sei dir ernst, und so hat er dich angenommen. Wenn du bei mir im Dienst wärest, dann müßtest du einfach gehen, wohin ich dich senden würde, und tun, was ich dir auftragen würde.»

«Ach, ich möchte ja gern alles tun, was Sie mir auftragen würden, und noch lieber, was er mich heißen würde.»

«Nun, Palko, er befiehlt dir und mir: ‚Nimm dein Kreuz auf dich täglich und folge mir nach!' Meinst du, er wäre nicht auch lieber bei seinen Jüngern geblieben, die er so lieb hatte? Aber sein himmlischer Vater befahl ihm: ‚Nimm dies schwere Kreuz und trage es auf deinen wunden Schultern hinauf nach Golgatha und laß dich dann daran annageln!' – Und was tat er? – Er gehorchte.»

«Denken Sie also, Herr Pfarrer», fragte der Knabe errötend, «daß der Herr Jesus mir das schickt, und daß er mir befiehlt, daß ich Sie verlassen soll, um der Tante zu dienen? Wird das mein Kreuz sein?»

«Ja, das denke ich, mein Kind. Nimm es nur willig auf dich, Gott weiß, warum er dir diese Seele in den Weg schickt, so wie er wußte, warum er dich zu mir schickte, damit du mir dienen konntest.»

«Da werde ich also wirklich in seinem Dienst stehen?»

«Sicherlich, du wirst sein kleiner Diener sein.»

«Oh, vielleicht schenkt er es dann mir, daß ich ihr den Knaben wiederfinden kann!» rief Palko erfreut.

«Welchen Knaben?»

«Ach, das darf ich niemand sagen, weder Lischka noch Lesina, hat der Großvater befohlen. Aber Sie, Herr Pfarrer, hat er nicht genannt; Ihnen werde ich es wohl sagen dürfen.»

Palko erzählte dem Herrn Pfarrer die Geschichte und verwunderte sich, daß dieser ihm keine Antwort gab, sondern ihn nur ganz seltsam anblickte.

«Palko, wie alt warst du denn, als dich dein Mütterchen fand?» forschte er nach einer Weile.

«Sie sagten, ich sei wohl anderthalb Jahre alt gewesen.»

«Und Lesinas Kind ist auch ein Knabe?»

«Ja, und noch klein, noch im Hemdchen.»

«Gottes Wege sind oft wunderbar. Nun, ich denke, der Herr Jesus wird es dir geben, daß du der bedauernswerten Frau ihr Söhnlein wiederfindest. Diene ihr nur sehr willig; denn einst wirst du dem Heiland noch dafür danken, daß du es konntest und durftest!»

Palko war es so seltsam, so feierlich ums Herz. Eine Weile verbarg er sein Angesicht und schwieg. Plötzlich wandte er es seinem Herrn zu.

«Ach, ich bin so traurig!»

«Traurig? Warum denn?»

«Weil ich es nicht verstanden habe, daß er mich rief, und ihm nicht folgen wollte.»

«Nun, du hast es so gemacht, wie auch wir Großen manchmal. Zuerst bieten wir uns dem Herrn zum Dienst an, und wenn er uns etwas schickt, was gegen unseren Willen geht, wollen wir nicht gehorchen. Wir vergessen, daß er zu uns spricht: ‚Verleugne dich selbst und folge mir nach!' Doch nun sei nicht traurig, mein Kind, das hilft dir nicht; bete lieber; bekenne, daß du nicht recht getan hast, und er wird dir vergeben, und dann diene ihm bei Tante Lesina so treu, wie du bei mir gedient hast.»

Palko ließ sich nicht zweimal nötigen. Er schüttete sein volles Herz dem Herrn Jesus aus. Er versprach ihm unter Tränen, ihm fortan treu zu dienen. Und dann betete der Herr Pfarrer für ihn. Er bat, daß Palko auch für das Ehepaar Lesina der «kleine Knabe» sein dürfe, der sie zu Jesus führen würde, so wie er es für ihn gewesen.

Dann küßte er Palko, wischte ihm die Tränen ab und sagte: «Fürchte dich nicht, wir bleiben dennoch gute Freunde, denn wir sind ja beide Diener des einen großen Herrn. Wenn du je ins Dorf kommst, mußt du mich jedesmal besuchen. Ich habe ja daheim eine ganze Bibel, und ich will noch viele Bibeln bestellen.» Der Pfarrer zog das Büchlein aus der Tasche, drückte es innig an die Lippen und gab es sodann seinem kleinen Eigentümer zurück. «O möchte es überall das ausrichten, was es an meiner Seele ausgerichtet hat!» schloß er mit Tränen in den Augen.

Dann gingen sie zusammen ins Forsthaus, wo Palko sich von den Förstersleuten verabschiedete. Denen war es gar nicht recht, daß der Alte den Knaben zurückrief. Der Herr Pfarrer beruhigte sie: «Ich kenne ja bereits die Wege, und diese drei Tage kann ich mir allein helfen.»

Palko bekam vom Herrn Förster eine kleine Pfeife, um Dunaj zu pfeifen, und eine blitzblanke Krone*, von der Förstersfrau ein Bündel mit allerlei nützlichen Dingen, so schwer, daß er es kaum tragen konnte.

«Wenn du vorbeikommst, kannst du uns immer besuchen», meinte die Frau Försterin, «auch wenn du nichts zum Verkauf bringst.»

Das versprach Palko gern.

Der Herr Pfarrer begleitete ihn bis zur Hütte. Er ging zum Großvater, um sich zu bedanken, und gab ihm ein schönes, neues Geldstück.

Der Großvater wunderte sich nicht mehr, daß Palko so an dem Pfarrer hing. Er war wirklich ein selten guter Herr. Der Alte dachte, er würde Palko wohl zwei Kronen schenken, weil er ihn gar so lobte – und statt dessen gab er ihm zehn! Und ihm, Juriga, weitere zehn Kronen, um Palko leichter erziehen zu können, weil er ihn doch «für einen Gotteslohn» habe.

* Zu jener Zeit eine österreichische Münze, etwa 1 Franken

Als der Herr Pfarrer fortgegangen war, knüpfte Juriga das Bündel aus dem Forsthaus auf.

«Höre, mein Sohn», lachte er, «du hast gut gedient. Gott segne die gute Frau Försterin, daß sie so für uns gesorgt hat!»

«Gelt, Großvater, jetzt müßt Ihr nicht mehr ganz allein für mich sorgen; jetzt kann ich auch schon etwas für Euch verdienen!»

«Gewiß, mein Sohn! Von den zehn Kronen kann ich mir für den Winter ein Paar neue Stiefel anschaffen; ich habe mich schon genug gesorgt, woher ich das Geld dazu nehmen solle – und nun, sieh da! Es ist doch wohl wahr, was im Wort Gottes steht: ‚Trachtet am ersten nach dem Reiche Gottes und nach seiner Gerechtigkeit, so wird euch solches alles zufallen!' Es ist, als hätte Gott selbst es mir vom Himmel fallen lassen. Nun kann ich uns beide diesen Winter ordentlich mit allem Nötigen versorgen. Und die Eßwaren, die du mitgebracht hast, reichen für zwei Wochen aus. Ja, ja, in der Bibel steht nicht umsonst: ‚Gott ist die Liebe'!»

Tante Lesina

Der alte Juriga hatte sich das Zusammenleben mit der geisteskranken Frau seines jungen Freundes nicht gerade leicht vorgestellt; aber er war bereit, manches Unangenehme Lesina zuliebe auf sich zu nehmen, um diesem das Leben leichter zu machen. Daß alles so glücklich ablaufen würde, ahnte keiner von ihnen.

Lesina und seine Frau kamen gegen Abend an. Sie waren müde und nahmen dankbar die bereitgehaltene Suppe an. Dann richteten sie sich aus den mitgebrachten Tüchern, Kissen und Decken ihr Lager her und begaben sich zur Ruhe.

Erst am nächsten Morgen konnte Juriga die junge Frau betrachten. «Die Ärmste», dachte er, «wie jung sie noch ist, höchstens sechsundzwanzig Jahre alt! Wem sieht sie nur ähnlich? Ich möchte wohl wissen, wie das hier mit ihr gehen wird!»

Aber vorläufig merkten sie kaum, daß sie die Frau bei sich hatten. Inzwischen hatte sie ihnen gleich am Morgen eine gute Suppe gekocht, und Juriga und Palko, ja sogar Dunaj, der sie stürmisch willkommen geheißen, mit mitgebrachtem Kuchen erfreut. Palko hatte sie auch Nüsse mitgebracht. Als Lesina ihm den neuen Anzug und den Hut übergab, war sie dem Kleinen beim Ankleiden behilflich. Sie schloß ihn sofort ins Herz. Und trotzdem sie unter Erwachsenen fast gar nichts sprach, fing sie gleich zu plaudern an, als sie mit dem Knaben allein war. Sie hatte eine so liebe Stimme, ein wenig traurig, wie das Säuseln der Birken. – Als Lischka kam, erhielt dieser gleichfalls einen Kuchen. Sie antwortete freundlich auf seine Fragen. Der Mann mußte sich verstohlen über die Augen fahren, denn es stieg ihm heiß auf, so oft er sie ansah.

«Du hast gut daran getan, mein Sohn, daß du sie mitgebracht hast», sagte Juriga nach einer Woche zu Lesina. «Du hast ganz recht gehabt, daß sie sich an dem Knaben erfreuen würde.»

«Wer würde sich nicht an ihm freuen!» seufzte Lesina.

«Nun konnten sie friedlich an ihre Arbeit gehen und durften beruhigt sein, daß es der jungen Frau nicht bange sein würde. Ach nein, dazu blieb ihr keine Zeit. Sie wusch alle schmutzige Wäsche, die sie in der Hütte fand, auch Palkos und Jurigas Sachen; sie kochte und räumte auf; sie schnitt und trocknete die Pilze, die sie mit Palko gesammelt hatte, sowie andere Pflanzen. Und wenn sie nichts anderes zu tun hatte, nähte und flickte sie, ja sogar Lischka flickte sie ein Hemd. Dann wieder strickte sie schöne, neue Ärmel.

Und man mußte es Palko lassen, daß er sie wirklich sehr aufmerksam bediente. Er erzählte ihr alles, auch von seinem «Sonnenland». Gleich am folgenden Tag führte er sie dorthin. Er zeigte ihr auch sein Büchlein und lehrte sie die Worte darin verstehen. Sie hörte ihm gern zu. Manchmal versank sie in ihre schwermütigen Grübeleien.

Palko merkte, daß sie wohl an ihr Knäblein dachte. Er hatte sie sehr lieb, mit jedem Tag lieber. Wenn sie miteinander ausgingen, hielten sie sich immer an der Hand wie zwei Kinder.

Einmal, als sie wieder in Gedanken versunken über ihrem Nähzeug saß, schmiegte Palko plötzlich sein blondes Köpfchen an ihre Schulter:

«Tantchen, gelt, Ihr seid traurig wegen Eurem Kindchen; aber fürchtet Euch nicht, wir beide werden es schon finden. Ich habe den Herrn Jesus darum gebeten, und er wird es mir geben.»

Sie zuckte zusammen und blickte ihn an. Dann schlang sie ihren Arm um ihn. Ihr Kopftuch war ihr herabgeglitten, und die Strahlen der Sonne beschienen zwei von goldenem Haar umrahmte Gesichter, die einander in erstaunlichster Weise glichen.

«Wirst du mir ihn finden, Palko?»

«Gewiß, Tante, aber Ihr müßt mir sagen, wie er war.»

«So wie du, aber noch klein.»

«Konnte er schon laufen?» forschte Palko und schlang die zarten Ärmchen um den Hals der Tante. Ach, wie lange war es schon her, daß keine Mutterhand ihn liebkost hatte!

«O ja, wenn ich ihn führte, lief er schon ein schönes Stückchen mit mir, ja sogar allein!»

«Wie hieß denn Euer Junge?»

«Wir hatten ihn Mischko genannt.»

«Nun, wenn wir ihn wieder suchen gehen, dann rufen wir: ‚Mischko! Mischko!' Oder vielmehr, Ihr müßt rufen, denn vor mir könnte er sich fürchten, da er noch klein ist.

Tantchen», fragte er, indem er sich aus der Umarmung der jungen Frau losmachte, «wann habt Ihr eigentlich Euren Jungen verloren?»

«Wann?» Sie blickte ihn verwirrt an. «Das weiß ich nicht, Palko. Ich habe eben solch einen seltsamen Kopf. Oft tut er mir weh, und dann weiß ich gar nichts mehr. Aber hier in den Bergen ist es mir besser. Ich habe keinen solchen Druck auf dem Herzen wie bei uns daheim.»

«Wißt Ihr was? Ihr könnt immer hier bei uns bleiben. Im Winter würden wir hinab ins Dorf gehen; in unserer Hütte dort ist Raum genug. Wir haben eine Stube, eine Küche, eine Kammer, und wir würden uns schon miteinander vertragen.»

«Ich möchte gerne bei dir bleiben.»

Palkos Augen wurden feucht. Er fühlte die Liebe, die in diesen Worten lag.

«Ich habe Euch auch sehr lieb, glaubt mir», versicherte der Knabe innig, «trotzdem ich zuerst gar nicht wollte, daß Ihr kämet, und Euch gar nicht gern dienen wollte, weil ich den Herrn Pfarrer verlassen mußte. Er hat mich so viel Gutes gelehrt, und ich war sehr gern bei ihm. Aber, nicht wahr, ich diene Euch doch treu, und der Heiland wird mit mir zufrieden sein? Und wenn dies mein Kreuz ist, dann ist es wirklich nicht schwer und drückt mich nicht. – Aber wir sprachen doch von Eurem Jungen.»

«Ach ja! Daheim sagen die Leute, ein Wildschwein hätte ihn wohl zerrissen. Aber das kann ich nicht glauben.» Sie schüttelte entschlossen den Kopf. «Ich weiß bestimmt, er lebt, darum muß ich ihn suchen. Ich glaube das nicht.»

«Glaubt es nur nicht», beruhigte Palko sie eifrig, «das sind nur solche Redensarten. Wie ich klein war, hat mich ja auch mein Mütterchen in den Bergen jenseits der Waag, wo ich verirrt war, gefunden. Der Herr Jesus hat es nicht zugelassen, daß mich ein wildes Tier zerrissen hätte, und er hat auch Euren Knaben beschützt. Ihn selbst hätte ja auch der böse Herodes bei einem Haar getötet, und dennoch trugen Joseph und Maria ihn fort.»

«Also dich hat dein Mütterchen gefunden?» rief sie erfreut aus. «Wie war denn das?»

«Wenn Ihr wollt, werde ich Euch alles ganz genau erzählen. Mein Mütterchen suchte Pilze. Da hörte sie plötzlich ein Kind weinen. Sie sah nach und fand auf dem Weg einen kleinen Knaben, barfuß, im Hemdchen, der nach Wasser rief. Sie gab ihm Wasser und Brot, und da sie nicht wußte, wem er gehörte, brachte sie ihn nach Hause. Dann machte sie es öffentlich bekannt, daß sie ein Kind gefunden habe; aber niemand meldete sich. So behielt sie mich denn ‚für einen Gotteslohn', so wie später Großvater Juriga. Aber Tante», unterbrach er sich, «vielleicht hat Euren Mischko auch jemand gefunden und bei sich aufgenommen, und da werden wir ihn in den Bergen vergebens suchen. Wer weiß, wo er steckt.»

Die Frau richtete sich auf, und indem sie beide Hände an die Stirn drückte und vor sich hin starrte, murmelte sie halblaut: «Wer weiß, wo er verborgen ist!»

«Fürchtet Euch nicht», tröstete Palko die Unglückliche, «der Heiland weiß sicherlich, wo er ist. Wir wollen ihn bitten, daß er uns ihn finden läßt. Jetzt sieht man so viele Frauen in den Bergen; wir wollen jede, der wir begegnen, fragen, ob sie nicht ein Knäblein gefunden hat. Vielleicht stoßen wir gerade auf die, die es hat.»

Von dem Tag an sprach Frau Lesina mit Palko täglich von ihrem Mischko. Palko lehrte sie, wie sie zum Herrn Jesus beten müsse, damit er ihr sage, wo ihr Kind sei. Daß es lebe und daß sie es wiederfinden könne, glaubte sie fest. Von da an wurde sie gesprächiger. Auf ihren blassen Wangen blühten wieder die Rosen auf.

Juriga mußte beständig darüber nachdenken, wem sie nur so sehr ähnlich sähe. Es war ihnen allen in ihrer Nähe wohl, und sie taten ihr zuliebe, was sie ihr nur an den Augen absehen konnten.

Lesina wußte gar nicht, wie er sie bedienen sollte. Im Anfang war sie ihm oft scheu ausgewichen, als ob sie sich vor ihm fürchte; jetzt aber nicht mehr. Wenn er ein Stück Holz heimbrachte und vor der Hütte Löffel schnitzte, dann setzte sie sich mit ihrer Stickerei zu ihm, und manchmal traf ihn ein so liebevoller Blick, daß er sich zurückhalten mußte, um nicht aufzuspringen und ihr stürmisch seine Freude zu bezeugen.

Wenn er aus dem Neuen Testament vorlas, setzte sie sich immer ganz nahe zu ihm und hörte aufmerksam zu.

In jenen Tagen lernte Lesina glauben, daß Gott gegen einen sündigen Menschen gut ist; er lernte zum Herrn Jesus beten, daß er seine geliebte Frau gesund machen möge.

Palko hatte ihm erzählt, wie der Herr Pfarrer beim Lesen manches erklärt und wie auch er den Weg in das wahre Sonnenland gesucht und gefunden hatte.

Auch Lesina sehnte sich danach, ihn zu finden; aber er konnte und wollte nicht ohne seine Frau dahin gelangen. Wie hätte der heilige Gott ihn in Gnaden annehmen können, da sie, so wie sie war, nicht an Christus gläubig werden konnte!

Sie lasen das Buch nicht nur Zeile für Zeile, sondern von Anfang an, um so weit zu kommen, wie Palko im «Sonnenland» darin gelesen hatte. Sie verstanden es immer besser. Es kamen einige Regentage, an denen sie nicht arbeiten konnten; aber sie merkten es kaum, so rasch verging ihnen die Zeit über dem Lesen des heiligen Buches.

Lischka hielt sich jetzt stets bei ihnen auf und ging nur zum Schlafen in seine Hütte; manchmal nahm er sogar Palko mit, und dann unterhielten sie sich bis tief in die Nacht hinein über das Gelesene.

Immer sehnlicher verlangte Lesina danach, den Weg des Heils zu finden. Er betete, daß auch seine Frau ihn finden möchte; denn er glaubte nicht, daß sein Kind noch lebte. Er glaubte vielmehr, daß es dort im ewigen Sonnenland geborgen sei, und er sehnte sich danach, es dort einst wiederzufinden.

Palko im Pfarrhaus

Obwohl sie so schön und friedlich zusammen lebten, fehlte Palko dennoch etwas. Mitunter erfaßte ihn eine so heiße Sehnsucht nach seinem Herrn Pfarrer, daß er nur immer wiederholen mußte: «Herr Jesus, ich will ja das Kreuz gehorsam tragen, aber es drückt mich dennoch, trotzdem ich keine wunden Schultern habe, wie du sie einst hattest.»

Die kleine Seele fühlte eben, daß sie hier niemand hatte, der sie verstehen konnte – und der Herr Pfarrer würde sie sicherlich verstehen.

In dieser ganzen Zeit fand er keine Gelegenheit, ins Dorf zu kommen. An dem einen Sonntag regnete es so sehr, und am nächsten Sonntag ging der Großvater mit Onkel Lesina und Onkel Lischka zur Kirche.

Als sie am Nachmittag heimkehrten, erbat sich Palko die Erlaubnis, ins Forsthaus zu gehen; er wollte der Frau Försterin aus Dankbarkeit für die geschenkten Sachen ein paar Pilze bringen, die er am Abend zuvor gesammelt hatte. Er nahm Dunaj mit sich, und sie trabten um die Wette.

Dem Knaben war zumute wie einem Vöglein, das aus dem Käfig entronnen ist. Auch Dunaj freute sich mächtig, mit seinem kleinen Herrn allein zu sein.

«Nun werde ich endlich erfahren, wie es dem Herrn Pfarrer geht», dachte Palko erfreut.

Wieder rief er in die Berge: «Juhu! Hallo!» Dann sang er ein Liedchen, welches Tante Lesina ihn gelehrt hatte. So kam er zum Forsthaus.

Er traf die Frau Försterin allein zu Hause.

«Großvater läßt Sie schön grüßen», bestellte er fröhlich. «Ich bringe das Tüchlein aus dem Bündel zurück und da ein paar Pilze aus Dankbarkeit.»

«Sieh an, was für schöne Pilze! Wo hast du denn die noch gefunden? Sage deinem Großvater einen schönen Gruß von mir, und ich lasse auch bestens danken! Setze dich, du bekommst ein wenig Kaffee. Ich bin ganz allein, nun wird es mir gemütlicher sein. Du mußt wohl nicht gleich nach Hause?»

«Ach nein», entgegnete Palko ganz beglückt. Nachdem er ein Weilchen mit der Frau Försterin geplaudert hatte, blickte er sie plötzlich bittend an:

«Ach, bitte, können Sie mir nicht sagen, wie es dem Herrn Pfarrer geht?»

«Unserem Herrn Pfarrer? Oh – gut, mein Kind. Nur ist es so ein wenig wunderlich mit ihm», bemerkte sie kopfschüttelnd.

«Wieso wunderlich?»

«Nun, er hat heute und am letzten Sonntag gepredigt wie nie zuvor.» Die Frau Försterin sprach wie zu ihresgleichen, wahrscheinlich, weil Palko ihr so ernst und aufmerksam zuhörte.

«Ach ja», rief der Knabe, «er hat mir ja an jenem Morgen, als ich bei ihm im Pfarrhaus war, gesagt, daß er predigen würde wie noch nie. Das macht alles, weil er den Weg in das Land gefunden hat, wo die Sonne nie mehr untergeht.»

«Also auch zu dir hat er das gesagt, Junge? Auch zu uns hat er an jenem ersten Sonntag von der Kanzel herab so seltsame Worte gesprochen. Wenn du nicht zwei Wochen Tag und Nacht mit ihm zusammengewesen wärest, so würde ich nicht mit dir darüber reden, denn du bist noch ein Kind. Er sagte also, daß er uns bisher als unser geistlicher Hirte nicht geführt hätte; er sei nicht aus Gott geboren gewesen und hätte keine Gewißheit gehabt, ob seine Sünden vergeben seien oder nicht. Was er vom Herrn Jesus gewußt habe, hätte er uns wohl gepredigt, aber persönlich hätte er ihn noch nicht erlebt gehabt. Dann sagte er, daß auch wir ihn noch nicht hätten, aber daß er uns den Weg zu ihm zeigen und uns zu ihm führen dürfe, denn ihm sei Erbarmung widerfahren, und Gott habe ihn als sein Kind angenommen.

Ich kann dir das nicht so wiederholen, mein Junge, aber ich kann diese Predigt nicht vergessen und ebenso die heutige nicht. Ich konnte den Sonntag kaum erwarten. Ich wollte wissen, wie er uns den Weg zeigen würde. Er zeigte uns, wie überaus heilig und gut Gott ist, und wie große Sünder wir sind. Dann sagte er, daß wir ewig verlorengehen, wenn wir uns nicht zu Gott bekehren und zum Herrn Jesus kommen wollen.

Man hätte eine Stecknadel fallen hören können, so still war es in der Kirche; niemand schlief. Ich kann dir das gar nicht sagen, Junge; aber es war, als sei er gar nicht selbst auf der Kanzel, so wundersam hörten sich die Worte an.

Als wir aus der Kirche gingen, standen die Leute alle bei den Gräbern beisammen; wir waren alle so bestürzt, als sei der Gerichtstag hereingebrochen, von dem er auch gesprochen hatte. Er erwähnte auch in der Predigt, er hätte den Weg zu Gott und zu Christus durch das Lesen irgendeines Buches gefunden. Was darin geschrieben stand, habe ich nicht genau verstanden, nur soviel, daß der Mensch es Zeile für Zeile lesen müsse.»

«Ach, das habe ich ja hier!» Palko sprang eilig auf und zog aus seinem Hemd seinen größten Schatz hervor.

«Du hast dieses Buch auch?» rief die Frau überrascht aus. Eilig setzte sie ihre Brille auf, und als Palko ihr die erste Seite zeigte, las sie laut:

«Lies achtsam Zeile für Zeile! – Wo hast du denn dieses Buch her, Junge?» forschte sie. «Hat er es dir gegeben?»

«Ach nein, ich habe es ihm gegeben!»

Palko mußte abermals erzählen, wie er seinen Schatz gefunden habe. Die Frau hörte voll Verwunderung zu. Er erzählte auch, wie er mit dem Herrn Pfarrer gemeinsam das Buch gelesen und wie sie beide den Herrn Jesus aufgenommen hätten, so wie einst Martha dort, und den Heiligen Geist, wie das Tautröpfchen die Sonne.

«Ach Kind, du sprichst ja wie ein Heiliger oder wie der zwölfjährige Jesus im Tempel!» rief die Frau verwundert aus. «Möchtest du mir das Buch nicht hier lassen?»

Er überlegte ein wenig.

«Ich möchte wohl, aber ich habe es noch nicht zu Ende gelesen. Onkel Lesina hat zwar von daheim eine ganze Bibel mitgebracht und liest uns jetzt daraus vor. Aber ich lese auch für mich, wenn ich ins ‚Sonnenland' gehe. Und wenn ich mit Tante Lesina Beeren sammle, lese ich ihr daraus vor. Das große Buch könnte ich nicht mit mir nehmen; ich kenne mich darin auch nicht so gut aus, wie in meinem kleinen Büchlein.»

Ratlos blickte der Knabe vor sich hin.

«Ach, nun weiß ich es!» rief er plötzlich aus. «Als mir der Herr Pfarrer das Buch zurückgab, sagte er, daß er andere bestellen wolle. Folglich muß es noch mehr solche Bücher auf der Welt geben.»

«Das hat er gesagt?» rief die Frau erfreut aus. «Höre, Palko, der Großvater wird hoffentlich nicht böse sein, wenn du heute etwas später heimkommst; es ist Sonntag, er kann sich wohl ohne dich behelfen. Ich habe hier einige Sachen, die ich gern dem Herrn Pfarrer senden möchte; würdest du sie mir hintragen und ihn fragen, ob er mir solch ein Buch besorgen könnte? Ich will es gern bezahlen, es koste, was es wolle. Willst du?»

Und ob er wollte! «Wenigstens kann ich den Herrn Pfarrer wiedersehen!» rief er beglückt.

Er durfte zusehen, wie die Frau Försterin in einen Korb zwei Wildtauben, Eier, die mitgebrachten Pilze, ein Stück Schafkäse und frische Butter einpackte.

«Trage das hin», sagte sie dabei, «und bestelle einen schönen Gruß. Und sage dem Herrn Pfarrer, daß ich die Predigt gar nicht vergessen könne. Er möge für mich bitten, damit auch ich den Weg zu Gott finde und nicht ewig verlorengehe. Was er mir befiehlt, will ich alles tun; wenn er mich auch noch so weit auf die Wallfahrt schickt, will ich gehen; auch Messen will ich gerne lesen lassen, damit ich nur nicht ewig verlorengehe.»

Über diese Worte mußte Palko den ganzen Weg nachdenken.

«Was hat die Frau Försterin eigentlich gemeint? Der Herr Jesus hat doch nur gesagt: ‚Kommet her zu mir.' Und Martha ist ja nie auf die Wallfahrt gegangen, hat auch kein Geld geben müssen; sie hat nur den Herrn Jesus aufgenommen; die Frau Försterin kennt gewiß nicht die Geschichte von der Schlange, so wie ich sie nicht kannte. Oder die Geschichte von den Israeliten in Ägypten, welche darum nicht zu sterben brauchten, weil das Lamm für sie starb. Und du, Herr Jesus, bist das Lamm Gottes, welches am Kreuz für uns gestorben ist! Ach, daß ich ihr das nicht gesagt habe! Aber wenn ich zurückkomme, will ich es ihr sagen, wenn ich es nicht vergesse. Und wenn sie erst das Buch hat, wird sie es auch erfahren. Auch habe ich ihr ja mein Büchlein dortgelassen, so kann sie nun darin lesen. Wie schade, daß das nicht gleich am Anfang steht! Aber man muß eben Zeile für Zeile lesen, dann kommt man schon darauf.»

Palko war im Nu im Pfarrhaus angelangt. Im Hausflur begegnete er der Magd.

«Der Herr Pfarrer hat sich ein wenig hingelegt», sagte sie. «Einen anderen würde ich gar nicht einlassen; aber er hat gesagt, dich dürfe ich jederzeit zu ihm schicken. Zeige dem Herrn Pfarrer, was du da im Korb hast, dann gib ihn der alten Frau.»

Leise schlüpfte Palko in die Stube des Pfarrers. Er warf einen Blick aufs Bett, dann aufs Sofa. Der Herr Pfarrer hatte die Augen geschlossen, öffnete sie aber sogleich.

«Willkommen, Palko! Da bist du endlich!» Er streckte ihm beide Hände entgegen. «Ich dachte schon, du hättest mich vergessen. Nun, weine nicht! Ich weiß ja, du wärest gern gekommen.»

«Und wie gern; das können Sie glauben!»

Palko trocknete die Tränen und stellte den Korb auf den Tisch. Er kniete am Sofa nieder, und – was er noch nie getan hatte – er umarmte den Herrn Pfarrer, wie er Tante Lesina zu umarmen pflegte, und schmiegte seine glühende Wange an das bleiche Antlitz des Priesters.

Dem einsamen Mann tat dieser unerwartete, aufrichtige Beweis kindlicher Liebe unendlich wohl. Er zog den Knaben an sein Herz und drückte einen innigen Kuß auf die reine, weiße Stirn.

«Warum liegen Sie?» fragte der Knabe besorgt. «Sind Sie müde? Oder fehlt Ihnen etwas?»

«Ich bin ein bißchen müde, Palko, und habe auch ein wenig Stechen in der Brust und in der Seite; ich kann nicht gut atmen, wenn ich gehe. Den anderen habe ich gar nichts davon gesagt; dir sage ich es nur deshalb, daß du mit mir den Heiland bittest, daß er mich wieder gesund mache.»

«Ach ja, wir wollen ihn sogleich bitten. Hernach will ich Ihnen sagen, warum ich gekommen bin. – Herr Jesus, lieber, guter Herr Jesus», betete Palko, «du bist ja hier bei uns, ach, mach doch den Herrn Pfarrer gesund! Du weißt ja, wenn er krank ist, kann er nicht predigen und auch sonst nichts tun, und er muß doch den Leuten und auch der Frau Försterin von dem Weg ins ‚Sonnenland' erzählen.»

«Ja, du Sohn Gottes, der du unsere Krankheit, auch die meine, getragen hast», fügte der Herr Pfarrer hinzu, «und der du verheißen hast, daß du geben willst, worum zwei miteinander dich bitten, ach, wende doch diese Krankheit ab! So gern möchte ich dir noch dienen, so gern möchte ich noch leuchten mit dem Licht, das du mir gegeben hast. Dein Volk schmachtet in Finsternis. Lange Jahre bin ich ein blinder Blindenleiter gewesen, ein Mietling, der nicht vor den Schafen hergegangen ist. O laß mich wenigstens noch etwas nachholen von dem, was ich versäumt habe! Ich bin noch jung; noch liegt das Leben vor mir. Wenn du mich gesund machst, so gelobe ich dir, daß ich mich, so wie die Kerze am Altar, ganz in deinem Dienst verzehren will! Amen.»

In der Stube herrschte heiliges Schweigen wie in einer Kirche. Endlich brach es Palko, indem er ausrief:

«Er hat uns erhört, und er wird sicherlich danach tun, wie wir ihn gebeten haben!»

«Ich glaube es, Palko; bete nur weiter für mich! Du weißt doch, wir sind beide Diener eines Herrn, wir müssen uns gegenseitig helfen.»

«Es ist Ihnen schon etwas besser, nicht wahr?»

«Ja, es ist mir wieder besser. Gleich als du kamst, wurde mir leichter. Weißt du, Palko, ich habe auch niemanden, gleich wie du. Und als ich so einsam dalag mit diesen Schmerzen auf der Brust, war es mir so traurig zumute.»

«Haben Sie auch weder Vater noch Mutter?»

«Sie sind schon lange gestorben.»

«Und haben Sie keinen Großvater und keine Geschwister?»

«Ich hatte viele Geschwister. Aber die sind fast alle, als sie heranwuchsen, an der Schwindsucht gestorben.»

«Aber die Dame, die hier war, war doch Ihre Schwester?»

«Ja, die lebt noch. Aber sie ist weit fort. Sie hat ihre eigene Familie. Wenn ich krank würde, könnte sie nicht kommen, um mich zu pflegen.»

«Wer ist denn die alte Frau, die hier wohnt?»

«Das ist die älteste Schwester meines verstorbenen Vaters. Gerade ehe du kamst, fühlte ich mich so verlassen wie der Herr Jesus dort in Gethsemane. Nun, er hat dich zu mir gesandt; ihm sei Dank dafür! Aber du hast mir wohl etwas mitgebracht?»

«Ach ja, das hätte ich beinahe vergessen!» rief Palko aus. «Die Frau Försterin schickt Ihnen gar gute Sachen; gewiß, damit Sie recht bald wieder gesund werden. Sehen Sie nur, Wildtauben – um die armen Tierchen ist es eigentlich recht schade, daß man sie totgeschossen hat –, ein paar Eier und den Käse, den Sie so gern gegessen haben; und da unten ist noch ein Stück Schwarzbrot, wie Sie es so gerne essen, und dazu ein Bällchen Butter!»

«Das sind allerdings lauter gute Sachen, Palko. Ich habe seit heute morgen kaum etwas gegessen, denn ich hatte keine Zeit dazu. Ich hatte zwei Predigten, ein Begräbnis und mancherlei anderes. Aber jetzt verspüre ich Hunger. Schneide dir und mir ein Stück Brot ab, dort auf dem Tisch liegt ein Messer. Wir wollen die Butter und den Käse versuchen.» – Sie setzten sich an den Tisch. Aber der Herr Pfarrer sprach den guten Sachen wenig zu; um so mehr nötigte er Palko, zuzugreifen. Sogar Dunaj bekam seinen Teil.

Dann mußte Palko den Korb in die Küche tragen und die alte Frau bitten, ihn auszupacken. Hierauf durfte er Wasser bringen, das der Herr Pfarrer in vollen Zügen trank, denn es war ihm ein wenig heiß.

Palko bestellte sodann den Auftrag der Frau Försterin und erzählte alles, was sie ihm gesagt hatte. Er hatte gar nicht gedacht, daß er den Herrn Pfarrer damit so sehr erfreuen würde. Dieser stand auf und ging zu einem Tischchen, obwohl er dabei seine Hand auf die Seite pressen mußte. Dort lagen Bücher, noch in Papier verpackt. Er packte eines davon aus.

«Gott sei Dank! Ich habe gleich eine größere Anzahl

bestellt, ahnte aber nicht, daß ich sie so bald brauchen würde.»

Er setzte sich an den Tisch und schrieb auf die erste Seite des Buches dieselben Worte, die in Palkos Büchlein standen, und fügte noch einige Worte hinzu. Dann faltete er die Hände über dem Buch und betete, bis die alte Frau Malina eintrat. Sie brachte den Korb, aber nicht leer.

«Ich habe etwas für Palko und seinen Großvater hineingepackt», sagte sie zum Pfarrer. «Aber du siehst ja ganz elend aus! Wäre es nicht besser, du legtest dich zu Bett?» meinte sie besorgt und deckte geschäftig das Bett ab.

«Etwas später, Tante. Ich will erst ein Stückchen durch den Garten gehen, um Palko zu begleiten. Er muß nun nach Hause, denn er hat einen weiten Weg.»

Noch nie war Palko der Abschied so schwer gefallen; am liebsten hätte er geweint.

«Wenn Sie es erlauben würden, möchte ich am liebsten bei Ihnen bleiben», sagte er, schon im Garten; «denn Sie sind so allein, Sie Armer!»

«Du kannst nicht bleiben. Dein Großvater weiß gar nicht, wo du bist, und würde besorgt um dich sein; die Frau Försterin ebenfalls. Geh nur brav heim. Aber laufe nicht, damit du dich nicht erhitzest und dann erkältest. Mich hast du getröstet. Und, wie du weißt, habe ich den Herrn Jesus auch in mein Pfarrhaus aufgenommen. Er ist hier bei mir. Es war mir nur darum so bange, weil ich an ihn nicht gleich gedacht hatte; aber ich will ihn nicht mehr vergessen. – Weißt du was, Palko, bitte den Großvater, er möchte morgen ein wenig zu mir kommen; ich habe etwas Ernstes mit ihm zu besprechen», fügte der Herr Pfarrer hinzu, als sie endlich Abschied nahmen. Dies geschah erst nach geraumer Weile, denn der Herr Pfarrer hatte sich zuvor erkundigt, wie Palko Tante Lesina diente, und da gab es viel zu erzählen. Der Pfarrer begleitete ihn bis an den Fuß des Berges; dort saßen sie noch ein Weilchen beisammen.

Es war schon ganz dunkel, als Palko heimkehrte. Großvater und Lesina hatten ihn schon gesucht. Er hatte im Forsthaus das Buch abgeben müssen; und trotzdem er sich dort nicht weiter aufhielt, nur sein Buch abholte und die große Freude der Frau Försterin sah, wurde es doch recht spät. Er erzählte den Hergang und wurde nicht getadelt; denn sie sahen, daß er müde und schläfrig war.

«Was kann der Pfarrer nur von mir wollen?» grübelte Juriga, als Palko schlief. «Weißt du es nicht, Martin?»

«Ach», entgegnete Lesina finster, «er will Euch gewiß überreden, daß Ihr ihm den Palko gebt. Solche Herren haben oft wunderliche Launen. Palko hat mir erzählt, daß er ihm in die Hand versprechen mußte, daß er nur ihm dienen würde, falls Gott Euch einmal abrufen sollte. Vielleicht will er Euch fragen, ob Ihr ihn schon bei Lebzeiten hergeben wolltet, denn es gibt wohl kaum einen zweiten solchen Jungen. Aber ich bitte Euch, tut mir das nicht an! Der Knabe ist mir fremd und ich ihm; aber ich denke, es würde mir ein Leid geschehen, wenn Ihr ihn fortgeben würdet und ich denken müßte, daß er nie mehr zu uns zurückkäme. Es ist mir manchmal, als hätte ich mein verlorenes Söhnchen nicht lieber haben können als ihn.»

«Sei unbesorgt», antwortete Juriga und fuhr sich dabei über die feuchten Augen. «Ich gebe ihn nicht her. Was würde ich selber ohne ihn anfangen? Ich denke oft, daß er der ‚kleine Knabe' ist, der vor allem auch mich zu Gott führen muß. Das wird der ‚Gotteslohn' sein, den Razga mir verheißen hat.»

Lesina wollte fragen, was Palko eigentlich geredet hatte, als er ihn damals zum Dorf begleitet hatte. Zu Hause hatte er an die Worte denken müssen; hier hatte er sie bis heute vergessen. Aber seine Frau und Palko wurden unruhig.

«Wir wollen schlafen», flüsterte Juriga, «damit wir sie nicht stören.»

So schliefen sie denn.

Mischko ist gefunden

Am nächsten Morgen, als die anderen kaum aufgestanden waren, machte Juriga sich auf den Weg. Er hatte ohnedies im Dorf zu tun; er wollte in seinem Häuschen zum Rechten sehen. Vorher aber wollte er ins Pfarrhaus gehen und, wenn es so wäre, wie Lesina meinte, dem Pfarrer diese Gedanken ein für allemal ausreden.

Im Pfarrhaus traf er die Magd ganz verweint an. Er fragte sie, was ihr fehle.

«Ach, der Herr Pfarrer ist heute nacht sehr schwer erkrankt.»

«Was sagst du da? Gestern war doch mein Junge noch bei ihm.»

«Palko ist Euer Junge? Den hat unser armer Herr sehr gern. Gestern hat er ihn noch bis zum Fuß des Berges begleitet. Als ich ihn hierauf im Garten traf, sagte er mir, daß er Euch für heute bestellt habe, und trug mir auf, Euch sogleich zu ihm zu führen. Aber ich weiß nicht, ob das möglich sein wird, ich muß zuerst einmal fragen. Der Herr Doktor ist soeben fortgegangen.»

«Was ist ihm denn so plötzlich zugestoßen?» fragte Juriga verwundert.

«Er hat in der Nacht einen starken Blutsturz bekommen, und die arme, alte Frau weinte sehr. Sie sagte, es sei in der Familie. Alle seine Geschwister, außer der ältesten Schwester, seien daran gestorben; sie hätten es von der Mutter.»

Nun wartete Juriga in der Gesindestube, ob man ihn zu dem Kranken hereinlassen würde. Endlich kam die Magd und brachte den Bescheid, er möge hereinkommen, da der Herr Pfarrer nach ihm verlange; doch solle er sich nicht lange bei ihm aufhalten.

«Was will er wohl von mir, wenn er mich, obwohl er so krank ist, zu sich ruft?» dachte Juriga, eigentümlich berührt, als er an dem Krankenbett stand und die fieberheiße Hand des Priesters mit seiner rauhen Hand umschloß.

«Es ist gut, daß Ihr gekommen seid», sagte der Pfarrer leise. Man merkte, daß ihm das Sprechen schwer fiel. «Palko hat mir erzählt, wie Razgas Tochter ihn in den Bergen gefunden hat, und auch, wie Frau Lesina ihr Knäblein sucht. Fragt Lesina, wann er seinen Knaben verloren hat, und erzählt ihm, was Ihr von Palko wißt. Ich denke immer, es ist ein und dasselbe Kind. Laßt die unglückliche Mutter nicht länger danach suchen!»

Der Pfarrer machte eine Pause. Er atmete schwer und schloß ermüdet die Augen. Jedoch nach einer kleinen Weile hob er wieder an: «Nur so viel wollte ich Euch sagen; mehr kann ich nicht. Ihr seht, ich bin schwerkrank. Wenn mir der Herr Jesus nicht hilft, wird es nicht mehr lange mit mir währen. Laßt Palko für diese kurze Zeit zu mir! Wir haben uns sehr lieb, denn er hat mich zum Heiland geführt. Gestern war mir sogleich besser, als er zu mir kam. Ihr werdet Euch ja noch lange genug im Leben an ihm erfreuen; gönnt mir ihn wenigstens im Sterben!»

«Ich werde ihn sogleich zu Ihnen senden, Herr Pfarrer», versprach Juriga, mühsam mit den Tränen kämpfend. Wie betäubt verließ er das Pfarrhaus und das Dorf. Er bemerkte kaum, daß die Leute ihn grüßten und ihm verwundert nachblickten. Beständig sah er das edle, bleiche, schmerzverzogene Gesicht vor sich, hörte er die sanfte, bittende Stimme: «Gönnt mir ihn wenigstens im Sterben.»

«Ach, Lesina», seufzte der Alte, als er schon in den Bergen angekommen war. «Obwohl er so krank ist, hat er sich um Palko und um uns bekümmert. Er wollte uns helfen, besonders dir; er konnte kaum sprechen und dennoch ließ er mich an sein Bett kommen – und wir haben ihm den Knaben nicht gegönnt!»

«Daß ich nicht darauf gekommen bin», verwunderte sich Juriga, «daß ich nicht sogleich an Palko dachte, als er mit mir von den fernen Bergen sprach! Freilich, ich dachte, sie hätten den Knaben dieses oder vergangenes Jahr verloren. Warum habe ich ihm nie erzählt, daß Palko nicht mir gehört? Er hat mich doch einmal gefragt, ob er das Kind von einem Sohn oder einer Tochter sei. Wäre dieser Pfarrer Malina nicht darauf zu sprechen gekommen, mir wäre das nie in den Sinn gekommen. Und doch hat uns Gott sicher nicht vergeblich zusammengeführt! – Noch heute muß Lesina es wissen, daß er sein Kind doch nicht ins Verderben gestürzt hat. Ach» – er schlug sich vor die Stirn –, «was habe ich mir den Kopf zerbrochen, wem die Ärmste so ähnlich sieht, besonders wenn sie ihr schönes, goldenes Haar kämmt! Der Knabe gleicht ihr doch wie aus dem Gesicht geschnitten.»

*

Ungewöhnlich kurz dünkte Juriga der Heimweg. Es war ihm, als wäre er wieder jung geworden vor Freude über die Botschaft, die er Lesina bringen durfte.

«Wie soll ich es ihm nur sagen?» überlegte er, während er den Weg zur Hütte einschlug. Dort war alles still. «Der Knabe ist wohl mit der Tante Kräuter suchen gegangen», dachte er. «Mit der Tante? – Sie ist ja seine Mutter!»

Es war gut, daß er sie nicht gleich sehen mußte, denn er wäre gewiß in Tränen ausgebrochen.

Er fand Lesina in der Nähe der Hütte, mit einer gefällten Fichte beschäftigt.

«Seid Ihr schon daheim, Onkel?» fragte er. «Nun, was wollte der Pfaffe?»

«Ach, mein Sohn», entgegnete Juriga mit zitternder Stimme, «vor diesem Mann mußt du den Hut abziehen. Ich fand ihn sehr krank. Er hat in der Nacht einen starken Blutsturz gehabt. Er sagte mir, Palko hätte ihn zum Heiland geführt, wir würden uns ja noch das ganze Leben an dem Kind erfreuen, wir möchten es ihm im Sterben gönnen.»

«Und Ihr habt es ihm versprochen?» fragte Lesina heftig.

«Ja, mein Sohn, und ich werde es auch halten. Wir schulden ihm viel Dank und können es ihm nur wenig vergelten!»

«Das alles wegen der lumpigen zehn Kronen, die er Euch geschenkt hat!» entgegnete Lesina bitter und schlug mit seiner Axt wütend auf das Holz los.

«Laß das, mein Sohn; höre ein wenig mit deiner Arbeit auf und setz dich zu mir. Ich muß dich etwas fragen.»

Halb mißtrauisch, halb unwillig gehorchte Lesina. Er steckte die Axt in das Holz und warf sich neben Juriga ins Gras. Was fiel denn dem Alten ein, heute «blauen Montag» zu machen?

Juriga sah ihn indessen so seltsam an, daß er schon fragen wollte: «Warum schaut Ihr mich so an?»

«Martin, wann, in welchem Jahr ist eigentlich dein Knabe verlorengegangen?»

Der junge Mann zuckte zusammen. Diese schmerzende Frage hatte er nicht erwartet.

«Warum fragt Ihr?»

«Ach, nur so . . .» hüstelte Juriga. «Ich denke nur, weil deine Frau auch hier in den Bergen nach dem Kind sucht. Wenn sie es wieder fände, würde sie es erkennen?»

«Ach nein, wie könnte sie es erkennen!» rief Lesina klagend aus, indem er alles andere vergaß, wie gewöhnlich, wenn seine Gedanken diese Richtung nahmen. «Sie sucht das kleine anderthalbjährige Kind im Hemdchen. Und heute wäre es schon beinahe neun Jahre alt.»

Wieder räusperte sich Juriga. Es würgte ihn wohl etwas im Hals.

«Du hast mich einmal gefragt», fing er nach einem Weilchen wieder an, «ob Palko väterlicher- oder mütterlicherseits mein Enkel sei. Damals wurden wir unterbrochen;

darum will ich dir jetzt erzählen, wie ich zu diesem Kind gekommen bin.»

Und nun begann Juriga Palkos Schicksale zu erzählen, die sich wie ein Märchen anhörten. Er berichtete alles ganz ausführlich. Endlich beschrieb er Wort für Wort, wie Anna Razga in den Bergen das hübsche Kind, barfuß, mit bloßem Köpfchen, nur mit einem Hemdchen bekleidet, fand. Er sah, wie Lesinas Blick immer größer, immer bestürzter wurde; aber er ließ sich dadurch nicht irre machen.

Als er geendet hatte, sprang Lesina stürmisch auf und umklammerte leidenschaftlich die Hände des Alten.

«Und warum habt Ihr mir nun das alles erzählt?» fragte er mit heiserer, heftige Erregung verratender Stimme.

«Mein Sohn, da fragst du noch? Weißt du noch nicht, wer dein Kind ist und wo du es zu suchen hast?»

«Palko? Unmöglich!» schrie Lesina auf und sank neben dem gefällten Baum zu Boden. Er lachte und weinte zugleich. Es war, als hätte er den Verstand verloren. Eine Weile blickte Juriga ihn schweigend an. Dann riß er den Hut vom Kopf, bat Gott, dem Armen zu helfen, und machte sich auf, um Palko zu suchen. Er erinnerte sich des Herrn Pfarrers, denn er wußte, daß ein Versprechen, das man einem Sterbenden gegeben hat, heilig ist. Er war froh, Dunaj zu finden; der würde ihm sicher den Weg zeigen, und er irrte sich nicht.

«Meine Tochter», redete er die junge Frau freundlich an, «höre jetzt auf, Kräuter zu sammeln, und gib uns lieber unser Mittagbrot, denn ich muß Palko ins Dorf schicken.»

Beide gehorchten. Es dauerte keine halbe Stunde, da war Palko bereit, Großvaters Auftrag auszuführen.

«Großvater, seid Ihr auch beim Herrn Pfarrer gewesen?» fragte der Knabe schüchtern. – «Ja, mein Söhnchen, er verlangt nach dir, denn er ist krank. Ich habe ihm versprochen, daß du für einige Zeit zu ihm kommen würdest. Wir müssen eben ohne dich fertig werden.»

«Ach, lieber Großvater!» Voller Freude umarmte der Knabe den Alten.

Dieser drückte ihn ungewöhnlich innig ans Herz.

«Nun geh und pflege den Herrn Pfarrer recht gut!»

Schon wollte der Knabe davoneilen, da trat ihm Frau Lesina in den Weg.

«Wohin gehst du? Wohin schickt Ihr ihn?» fragte sie ängstlich.

«Laß ihn, meine Tochter; er kommt ja wieder!» beruhigte sie der Alte.

«Palko, du willst von mir fortgehen?»

«Ach Tantchen!» Die blauen Augen des Kindes füllten sich mit Tränen.

«Auch gestern warst du irgendwo fort. Mir war so bange. Ich dachte schon, auch du würdest nicht wiederkommen, so wie mein Mischko.»

«Aber ich komme wieder. Nur noch einmal laßt mich zum Herrn Pfarrer, denn er braucht mich. Dann will ich immer bei Euch bleiben.»

«Lauf zu, Palko!» rief Juriga, der den Seelenkampf nicht mit ansehen konnte, der sich in den Zügen des Kindes abzeichnete.

Der Greis wünschte nicht, daß Lesina jetzt den Knaben vorfände. Er sollte sich erst an die wunderbare Tatsache gewöhnen, daß sein Sohn lebte und daß es gerade derjenige war, den er von ganzer Seele liebte. –

Der Knabe stürmte davon.

«Meine Tochter, mache deinem Mann das Mittagbrot bereit; er wird gleich da sein», redete Juriga die bestürzte junge Frau an.

«Warum habt Ihr Palko fortgeschickt?» seufzte sie schmerzlich. «Wißt Ihr denn nicht, daß ich ohne ihn nicht leben kann?»

«Warum sollte ich ihn hier lassen, da du ihn ja doch nicht lieb hast?»

«Ich hätte ihn nicht lieb?» schrie sie auf. «Wer hat Euch das gesagt?»

«Wenn du ihn lieb hättest, würdest du aufhören, immerzu nach deinem kleinen Mischko zu suchen. Nun, Palko ist mein, und du, suche deinen Mischko!»

«Ach, gebt ihn mir!» fing sie plötzlich zu bitten an.

«Ich würde dir ihn geben, aber nur dann, wenn du ihn an Stelle des verlorenen Mischkos annehmen wolltest; der ist nun einmal verloren. Wenn ich dir Palko gäbe, würdest du endlich mit dem vergeblichen Suchen aufhören?»

«Ach ja, Großvater. Seitdem ich Euren Palko habe, muß ich nicht mehr so viel um Mischko weinen.»

«Dort kommt Lesina; gib ihm bald sein Mittagbrot!»

«Der Arme!» dachte Juriga mitleidig, als er in das blasse, verweinte Antlitz des Mannes blickte.

«Martin», rief ihm seine Frau entgegen, «denke dir, Großvater schenkt uns den Palko! Aber jetzt hat er ihn fortgeschickt.»

Lesina umschlang seine Frau und drückte sie an sein Herz.

«Es ist gut, daß er ihn geschickt hat, Evchen; aber er wird wiederkommen, und dann wird er unser sein, und wir werden ihn nie mehr hergeben. Aber dem Mann, zu dem er nun gegangen ist, sind wir sehr viel Dank schuldig und werden es ihm nie vergelten können; mag Palko es wenigstens an unserer Statt tun.»

Als die junge Frau fortgeeilt war, um Wasser zu holen, fielen sich die beiden Männer um den Hals.

«Da ich Razga nicht mehr finde, danke ich Euch, Großvater, tausendmal für alles, was Ihr für mein liebes Kind und für mich Unglücklichen getan habt! Auch Dank dafür, daß Ihr ihn jetzt fortgeschickt habt! Ich glaube, ich ertrüge es nicht, ihn vor mir zu sehen und zu wissen, daß das mein Kind ist, an dem ich mich so schwer versündigt habe.»

«Mit leeren Händen, aber ...»

Palkos große Sehnsucht war nun erfüllt: er war bei seinem Herrn Pfarrer. Aber ach, so hatte er sich das nicht vorgestellt. Sie streiften nicht mehr in den Bergen umher, kletterten nicht mehr die Felsen empor – die ersten beiden Tage durften sie nicht einmal zusammen plaudern –, und dennoch war der Knabe sehr froh und dem Heiland wie auch dem Großvater sehr dankbar dafür, daß er wenigstens hier an diesem Lager sitzen durfte.

Am ersten Tag wollte ihn der Arzt als einen unnützen Eindringling aus dem Krankenzimmer weisen, aber das ließ der Pfarrer nicht zu. Er streckte die Hand nach ihm aus und sagte:

«Lassen Sie Palko bei mir; er ist mein kleiner Kamerad. Zeigen Sie ihm, wie er mir dienen kann; er wird alles tun. Die andereren sind alle so lärmend, aber ihn hört man kaum.»

So durfte er denn bleiben. Und später erkannte auch der Herr Doktor, daß es gut war. Palko tat wirklich alles. Aber es gab nicht viel Arbeit; nur ab und zu galt es, ein Stückchen Eis zu reichen oder die Fenster zu öffnen und wieder zu schließen. Und wenn es etwas Schweres zu tun gab, brauchte er nur in die Küche zu gehen, um es mitzuteilen.

Der Knabe bewegte sich ganz still in der Stube; geräuschlos öffnete und schloß er die Türen.

Am liebsten ging er gar nicht von dem Krankenbett weg. Wenn er sah, daß es dem Pfarrer sehr schlecht ging, faltete er die Hände und betete unaufhörlich zum Herrn Jesus um Erleichterung.

Auch der Pfarrer betete. Inbrünstig flehte er zum Heiland, er möge ihn doch gesund machen, weil er ihm noch dienen wolle.

«Warum erhört er ihn wohl nicht?» grübelte Palko und stützte den blonden Kopf in die Hand. «Warum stellt er sich, als höre er die Bitte nicht? Ich weiß gewiß, daß er uns hört.»

Der Herr Pfarrer bat, ihm etwas aus der Heiligen Schrift vorzulesen. Das waren so seltsame Worte . . . «Auf diesen Grund habe ich Stroh, Heu und Stoppeln gebaut», sprach er dann langsam, «das wird alles verbrennen. Ach, wozu habe ich gelebt, da ich ja doch nur vergebliche Arbeit getan habe! Ich selber soll selig werden, so doch, als durchs Feuer; gleich einem Brand, der aus dem Feuer gerissen ist. Keine Krone wartet dort auf mich. Oh, daß ich noch leben und arbeiten dürfte! Aber wenn ich jetzt sterbe, was wird der Herr mit mir unnützem Knechte tun?»

Der Kranke hatte die Augen geschlossen, und zwei große Tränen rannen über die fieberheißen Wangen.

Palko weinte mit ihm. «So doch, als durchs Feuer . . . Er selbst aber wird selig werden, so doch, als durchs Feuer.» Wenn diese qualvolle Krankheit das Feuer war, ach, dann war es ein großes, schreckliches Feuer.

«Ach, Palko, mir ist so sehr elend», klagte der Pfarrer eines Abends. In jener Nacht bekam er zweimal einen Blutsturz, während Palko schlief. Der Doktor war über die Nacht bei ihm geblieben. Am Morgen war er dann so weiß wie sein Kissen und sehr schwach. Aber als der Knabe an sein Lager trat, lächelte er ihn liebevoll an.

«Quäle dich nicht meinetwegen, mein Kind. Es geht mir besser. Der Druck und das Stechen ist fort; ich kann schon sprechen, und nichts tut mir weh.»

«Ihnen tut nichts weh? Da erhört uns der Herr Jesus also doch, und alles wird gut werden.»

«Ja, Palko, er erhört uns. Heute nacht war ich schon dem Tode nahe, und er ließ mich nicht sterben. Und heute morgen zeigte er mir etwas so Schönes in seinem Wort. Lies Epistel St. Pauli 2. Tim. 4, 8. Dort steht: ‚Hinfort ist mir beigelegt die Krone der Gerechtigkeit, welche mir der Herr an jenem Tage, der gerechte Richter, geben wird, nicht mir aber allein, sondern auch allen, welche seine Erscheinung liebhaben!' Ich habe diese Worte so verstanden, daß das ewige Leben und die Krone des Lebens als eine freie Gabe um der Verdienste Christi willen denjenigen geschenkt wird, die Christus geliebt haben und ihm treu geblieben sind. Wenn er mich gesund gemacht hätte, hätte ich ihm sehr gern gedient. Aber da mir das von Kind auf so eingepflanzt worden ist, hätte ich vielleicht mein Heil in den Werken gesucht oder es nach den Werken eingeschätzt. Jetzt aber, da er mich abruft, muß der heilige Gott mir etwas von seinen Verdiensten schenken, damit ich nicht mit leeren Händen vor ihn trete.»

Der Pfarrer sprach ganz leise, so daß Palko sich zu ihm neigen mußte, um ihn zu verstehen.

Dann ließ er sich die ersten acht Verse aus dem 62. Psalm vorlesen.

«Meine Seele ist stille zu Gott, der mir hilft», wiederholte er halblaut. «Denn er ist mein Hort, meine Hilfe, mein Schutz, daß mich kein Fall stürzen wird, wie groß er ist.»

«Oh, das ist gut, Palko, so kann ich bestehen!» – Hierauf sank er in einen sanften Schlummer.

Von jenem Tag an waren alle ärztlichen Ermahnungen und Warnungen vergeblich. Der Herr Pfarrer ließ es sich nicht nehmen, alle Gemeindeglieder, welche ihn besuchen kamen, zu empfangen.

Einer sagte es dem anderen, und mitunter kamen wohl zehn Personen auf einmal, Einlaß begehrend.

«Sie töten sich durch das viele Reden», hörte Palko den Arzt sagen.

Da faßte der Herr Pfarrer den Arzt bei der Hand.

«Sagen Sie mir die Wahrheit, Herr Doktor, wie lange würde ich leben, wenn ich meinen Mund nicht öffnete?»

«Das läßt sich nicht sagen», meinte der Arzt ausweichend.

«Vielleicht bei der größten Schonung noch einige Wochen?»

«Ja, aber so kaum einige Tage.»

«Gottes Wille geschehe! Um so mehr muß ich mich vorbereiten.»

Das waren denkwürdige, unvergeßliche Augenblicke im Pfarrhaus, so wie sie die Leute noch nie dort erlebt hatten.

«Bete, Palko, daß es mir vom Herrn gegeben werde, daß ich ihnen allen den einzig wahren Weg zum ewigen Leben zeigen kann», sagte er wohl dreimal zu Palko.

Und Palko betete. Und der Herr schenkte es seinem sterbenden Knecht.

«Mir, eurem sterbenden Pfarrer, könnt ihr glauben: die Werke erlösen euch nicht; die Heiligen helfen euch nicht in den Himmel. Christus hat euch auf Golgatha erlöst, als er für euch starb! Gott hat euch erlöst, als er ihn für euch dahingab. Er ist das Lamm Gottes, welches die Sünden der Welt hinwegnimmt. Er hat meine Sünden hinweggenommen, er wird auch eure hinwegnehmen; ihr müßt nur zu ihm kommen!»

So und ähnlich bezeugte der Herr Pfarrer den Leuten seine neue Erkenntnis.

In der zweiten Woche kam wieder eine große Anzahl der bestellten Bibeln, die er alle verteilte.

«Laßt sie euch von niemandem nehmen!» sagte er besorgt. «Es ist das ewige Wort des lebendigen Gottes. Lest es Zeile für Zeile, glaubt daran, lebt danach! Es wird euch den Weg in die ewige Herrlichkeit zeigen, so wie es ihn mir selbst gewiesen hat! Ich habe Jesus in Herz und Haus aufgenommen. Ich sterbe nun in der Hälfte meiner Tage – aber dennoch – oh, wenn ihr wüßtet, wie glücklich ich bin.»

Das konnte jeder sehen, und die Leute wunderten sich nicht wenig darüber, denn sie hatten noch nie einen Kranken so glücklich gesehen.

Am besten sah es jedoch Palko. Wenn er mit seinem

Herrn Pfarrer allein war, lüftete er die Stube und setzte sich still zu ihm. Wenn der Kranke nicht schlief, hielt er den Knaben schweigend bei der Hand. Er lag still da, aber aus seinem Angesicht strahlte das große Glück.

«Palko, ich kann es gar nicht fassen, daß ich schon so bald *den* sehen soll, den wir beide nicht gesehen und doch liebhaben.»

«Ach», seufzte der Knabe, «könnte ich doch mit Ihnen gehen!»

«Nein, diene ihm nur treu auf Erden, solange du kannst! Was würde ich darum geben, wenn ich ihm mein ganzes Leben hätte dienen dürfen! Du wirst mir einst nachkommen und mir dann erzählen, ob meine Leute hier das Wort Gottes gelesen und angenommen haben. Bleibe du nur unserem Herrn bis ans Ende treu!»

Der große Augenblick

Wieder war der Samstag gekommen, der zweite, seitdem Palko seinen lieben, väterlichen Freund pflegte.

In das Pfarrhaus waren Gäste gekommen: die Schwester des Herrn Pfarrer, die sehr weinte und ganz untröstlich war über die Krankheit ihres einzigen, geliebten Bruders. Mit ihr war ein junger Kaplan gekommen, der den kranken Pfarrer vertreten sollte.

«Da ich nun nicht mehr allein bin, so geh, mein Kind, um ein wenig frische Luft zu schöpfen und deine Lieben daheim zu erfreuen», sagte der Kranke zu Palko. «Am Montag komme wieder. Grüße mir alle im Forsthaus und auch deinen Großvater! Und grüße mir auch unsere schönen Berge, die ich mit diesen meinen leiblichen Augen nie mehr wiedersehen werde! Und wenn du in dein ‚Sonnenland' kommst, dann denke an die Himmelspforte, und daß ich durch sie bald, sehr bald in unser wahres, einziges Sonnenland dort über den Wolken eingehen werde.»

Alle in der Stube weinten, als sie diese Worte hörten, nur Palko nicht.

Aber um so mehr weinte er hernach, als er etwa um drei Uhr über die bereits gemähte Wiese zu dem Plätzchen lief, wo er damals mit dem Herrn Pfarrer zum ersten Mal beisammen gesessen und ihm von dem heiligen Buch erzählt hatte.

Ach, daß er nie mehr, nie mehr hierher kommen würde! Nie mehr könnte Palko hier zu seinen Füßen sitzen! Wie war es heute in den Bergen so traurig! Die Blumen hatte die Sichel des Todes abgemäht, keine einzige lebte mehr; die Vöglein waren verstummt, die Schmetterlinge flogen nicht mehr von Blume zu Blume. Selbst die Sonne hatte sich hinter dunklen Wolken verborgen. Wieder zog ein Gewitter herauf, aber Palko beachtete es nicht; er weinte und weinte. Er hörte erst auf, als sich seinen Blicken an derselben Stelle wie einst, nur ein wenig höher, ein prächtiger Regenbogen zeigte, der wirklich wie eine Himmelspforte aussah.

Der Knabe erhob den tränenschweren Blick zu dieser Pforte. Oh, wie war das schön! Und wie herrlich mußte es erst dahinter sein! Aber noch stand sie, ach, so hoch!

Palko fühlte, daß wenn sich diese Pforte hinter dem treuen Herrn Pfarrer schließen würde, dieser nie mehr wiederkehren würde. Der Heiland mußte ihn wohl dort hinauftragen. Aber er würde ihn zu sich nehmen, damit, wo er ist, sein Diener auch sei und – wie sie gestern im Evangelium Johannes gelesen hatten – seine Herrlichkeit sehe.

«Oh, Herr Jesus, nimm auch mich zu dir!» bat der Knabe und drückte die gefalteten Hände ans Herz. «Was soll ich hier allein anfangen, wenn er fortgeht? Großvater ist schon alt; wenn er dann auch stirbt, so wie Großvater Razga, was soll dann aus mir werden? Der Pfarrer hat mir versprochen, daß er mich dann zu sich nehmen würde, und er hätte es gewiß auch getan. Wohin soll ich aber nun gehen? Glaube mir, Heiland, ich mag gar nicht mehr hier sein, wenn er stirbt. Mögen die anderen haben, was sie wollen, mich freut nichts mehr. Wenn ich nun etwas aus dem heiligen Buch erfahre, wem werde ich es erzählen dürfen? Er wird dich dort alles fragen, und du wirst ihm alles sagen. Aber wer wird mir nun alles erklären, wenn er nicht mehr hier sein wird?»

Über dem verlassenen Kind kreuzten sich die Blitze, rollte der Donner.

Einst hatte der Pfarrer Palko von dem Propheten Elias erzählt, den der Herr so sehr geliebt hatte, daß er einen feurigen Wagen und feurige Rosse vom Himmel gesandt hatte, um ihn heimzuholen. Nun schien es Palko, als hörte er das Rasseln der Räder jenes Wagens und als müsse er sehen, wie die Pforte sich für jenes himmlische Gespann öffnete, das seinen Pfarrer heimholen sollte. Aber unterdessen kam die Sonne, die Pforte begann langsam zu verschwinden, und bald war das «Sonnenland» wieder von Sonnenstrahlen übergossen. Nur aus einem ganz dünnen Wölkchen fielen große Regentropfen zur Erde.

Palko hatte seinen neuen Anzug an, den er während seines ganzen Aufenthaltes im Pfarrhaus getragen hatte, und so lief er denn zur Höhle, um sich vor dem Naßwerden zu schützen. Er lief nur hinauf, aber er trat nicht ein. Dort drinnen ging jemand auf und ab, ein fremder Mensch, den er noch nie hier in den Bergen gesehen hatte. Er schien etwas zu suchen.

Palko vergaß für einen Augenblick sogar seinen Kummer, so sehr interessierte ihn das.

«Was sucht Ihr, Onkel?» rief er endlich.

Der Unbekannte wandte sich hastig um. Als Palko ihn grüßte, dankte er freundlich.

«Du fragst mich, was ich suche? Sage mir vor allem, wenn du es weißt, wer in diese Höhle zu kommen pflegt. Es sieht beinahe so aus, als ob hier jemand wohne.»

«Wer hierher kommt?» wiederholte Palko verwundert. «Onkel Lesina war einmal hier und der Herr Pfarrer dreimal – aber der wird nie wieder hierher kommen», setzte er betrübt hinzu. «Und ich – dies ist meine Felsenhöhle.»

«Deine Felsenhöhle?» entgegnete lachend der Fremde.

Palko musterte ihn gleichfalls. Es war ein junger Mensch in der Tracht eines Handwerksburschen.

«Seit wann ist diese Höhle dein, und wer hat sie dir gegeben?»

Eine Weile schwieg der Knabe verwirrt. Dann warf er den goldhaarigen Kopf zurück.

«In dem heiligen Buch steht: ‚Alles ist euer!' Der Herr Pfarrer hat gesagt, das bedeutet, daß Gott die ganze Erde den Menschen gegeben hat. Ich habe mir von ihm diese Höhle ausgebeten, und er hat sie mir gegeben.»

«Du bist schlau», lachte der Jüngling. «Mein Herr und ich, wir haben auch vor vier Jahren mehrere Wochen in dieser Höhle gehaust, aber wir haben sie uns nicht von Gott ausgebeten.»

«Ihr habt hier gewohnt?» rief Palko, näher tretend. «Und was habt Ihr hier getan?»

«Mein Herr war kränklich. Die Ärzte hatten ihn in die Berge geschickt. Er wollte mit seinem Gott allein sein. Er nahm mich mit; ich war damals im letzten Lehrjahr bei einem seiner Bekannten, und wir wohnten hier. Was wir brauchten, holte ich aus der Umgegend. Kein Mensch wußte etwas von uns. Wir zündeten kein Feuer an, denn wir nährten uns nur von Milch, Brot, Butter und Früchten. Hier hatten wir ein Lager von Moos und einige Decken. Es ging uns nicht schlecht. Mein Herr erholte sich hier zusehends. Ich denke, wenn er nicht wieder in die Stadt zu seinen Büchern hätte zurückkehren müssen, wäre er heute noch am Leben. So ruht er schon irgendwo in Ungarn in der kühlen Erde.

Ich bin nun schon Geselle und bin ein wenig auf die Wanderschaft gegangen und wollte hierher kommen, um zu sehen, was eigentlich aus dem Buch geworden ist, das mein Herr zum Abschied hiergelassen hat. Es ist nicht da; folglich muß es jemand gefunden und an sich genommen haben. Ob er es wohl Zeile für Zeile gelesen hat, so wie mein Herr auf der ersten Seite Anweisung gegeben hat?»

Palko stieg alles Blut zu Kopf.

«Hier ist es!» rief er und zog das Buch aus seiner Tasche, «also dein Herr hat es absichtlich hiergelassen?»

«Zeig einmal her! Ja, das ist es, und wie abgegriffen! Da hast du es also wohl gefunden?»

Nun fing Palko zu erzählen an. Sie setzten sich zusammen vor den Eingang der Höhle.

«Siehst du», schloß er vertraulich, «wir haben Zeile für Zeile gelesen, sind an den Herrn Jesus gläubig geworden und haben den Weg ins wahre Sonnenland gefunden. Gelt, dein Herr hat diesen Weg auch gekannt?»

«So wie er ihn kannte, kennt ihn wohl kaum ein anderer», seufzte der Jüngling.

«Und er ist gestorben? Da ist er also auch von dir fortgegangen, etwa auch in einem solchen feurigen Wagen, und hat nun schon den Herrn Jesus und das schöne Land erblickt? Und wenn der Herr Pfarrer stirbt, werden sie sich begegnen! Ich will ihn bitten, daß er ihm auch von mir einen Gruß und herzlichen Dank bestellt dafür, daß er uns das Buch daließ und uns belehrte, wie wir es lesen sollen.»

Der Jüngling fuhr sich verstohlen über die Augen.

«Nicht wahr, du kennst auch diesen Weg?» fragte Palko.

«Ich? Nein, mein Junge! Wenn ich gehorcht hätte so wie du, wenn ich gelesen und geglaubt hätte – mein Herr gab mir auch solch ein Büchlein –, dann hätte ich ihn finden können. Aber ich hörte auf zu lesen und zu glauben.»

«Wie konntest du das nur tun?» rief Palko verwundert aus. «Aber gelt, es ist dir jetzt leid, und du wirst wieder anfangen, den Weg zu suchen. Bedenke doch: Was wäre aus deinem Herrn geworden und was würde mein Herr Pfarrer anfangen, der nun sterben muß, wenn sie nicht den Weg zum Herrn Jesus gefunden hätten? Aber ich muß nun zum Großvater gehen. Ich will Onkel Lischka bitten, daß er dir ein Nachtlager gibt. Er ist ganz allein in seiner Hütte, und ich schlafe auch manchmal dort. Du kannst dann allen von deinem Herrn erzählen. Gar oft haben sich Großvater und Onkel Lischka den Kopf darüber zerbrochen, wer uns wohl das Buch geschenkt haben mag. Es ist eben wahr, was darin steht, daß nichts so verborgen ist, daß es nicht an den Tag komme.»

«Oder vielmehr, es ist wahr, was mein Herr von dem Wort Gottes zu sagen pflegte, nämlich, daß Gott selbst davon spricht: ‚Das Wort, das aus meinem Munde geht, soll nicht wieder leer zu mir kommen, sondern tun, was mir gefällt, und ausrichten, wozu ich es gegeben habe'», entgegnete der Jüngling sinnend.

So ins Gespräch vertieft, kamen sie zu Jurigas Hütte. Beinahe wäre Palko vorbeigegangen, wenn Dunaj nicht mit großem Freudengebell auf seinen lange entbehrten kleinen Kameraden losgestürzt wäre.

«Schon gut, schon gut, Dunaj! Ich weiß ja, daß du mich gern hast. Ich habe dich ja auch gern; aber höre endlich auf, mich zu belecken; du beschmutzest meinen ganzen Anzug. Ja, du wirst wohl nie anders werden.»

Dunaj ließ sich das gesagt sein und rannte gleich einem Boten ins Innere der Hütte, um seiner Herrin Palkos Ankunft mitzuteilen. War das eine Freude!

Auch der Knabe wurde fröhlicher, als er sah, wie freudig ihn alle willkommen hießen.

Lesina war nicht daheim, nur Großvater, Onkel Lischka und Tante Lesina waren in der Hütte. Er hatte richtig vermutet: beide Männer waren nicht wenig überrascht, als er ihnen erzählte, mit wem er im «Sonnenland» zusammengetroffen war.

Frau Lesina lud den jungen Mann zum Abendbrot, Lischka ihn für die Nacht ein. Er mußte sogleich erzählen, wie er mit seinem Herrn in der Höhle gewohnt hatte, wer dieser gewesen war, kurz, alles, was er von ihm wußte. Das heilige Buch wurde ihnen dadurch nur noch wertvoller.

Das Abendbrot war fast beendet, als Juriga plötzlich sagte: «Palko, Onkel Lesina hat heute sicher schwer zu tragen; du könntest ihm bis zu Onkel Lischkas Hütte entgegengehen und ihm wenigstens die Axt abnehmen.»

Der Knabe sprang sogleich auf. Er hätte heute dem Großvater alles zuliebe getan, denn dieser war so besonders lieb und freundlich zu ihm, so, als ob er eine große Freude hätte. Und nicht nur der Großvater, sondern auch Onkel Lischka. Palko konnte sich das nicht erklären, aber ihm wurde dabei getrost ums Herz. Er fühlte, daß er dennoch jemanden haben würde, wenn der Herr Pfarrer sterben würde. Großvater hatte gesagt, daß er ihnen noch von ihm erzählen müsse, sobald Onkel Lesina daheim sein würde.

«Ja, Junge, geh ihm entgegen», stimmte Lischka bei und wischte sich verstohlen die Tränen aus den Augen.

Palko eilte hinaus. Aber er war noch kaum den halben Weg bis zu Lischkas Hütte gelaufen, da sah er in der Nähe des Wasserfalls Lesina daherkommen. Er schien tief in Gedanken versunken.

«Guten Abend, Onkel!»

«Palko, du bist hier?» Lesinas Axt fiel dabei zu Boden. Etwas anderes trug er übrigens nicht.

«Da bin ich, Onkel!» Die Hand des Knaben ruhte in der ausgestreckten Rechten des Mannes. «Ich wollte Euch etwas tragen helfen; aber Ihr habt ja nichts zum Tragen.»

«Es war mir zu schwer, so ließ ich es in Onkels Hütte.»

Lesina hielt die Hand des Knaben fest und schritt weiter. «Onkel», fing plötzlich der Knabe an, dem es an der Seite des schweigenden Mannes seltsam zumute wurde, «was fehlt Euch? Seid Ihr krank oder traurig?»

«Warum, Palko?»

«Weil Ihr gar nichts redet. Seid nicht böse, aber Ihr seid heute so wunderlich. Und die anderen sind es alle auch.»

«Weißt du was, Palko», entgegnete Lesina, indem er sich auf den mit Moos bewachsenen Felsblock setzte und den Knaben neben sich zog, «setzen wir uns ein wenig, ich bin müde. Während wir hier ruhen, will ich dir erzählen, was uns allen, besonders mir, in deiner Abwesenheit widerfahren ist.» Lesinas Stimme bebte ein wenig.

«Es ist Euch etwas widerfahren? Das habe ich sogleich gedacht», entgegnete der Knabe.

«Ja, mein Kind, was sagst du dazu: Ich habe meinen Mischko gefunden!»

«Ach, was Ihr sagt!» rief Palko voll freudiger Überraschung. «Wo? Wie? Ich bitte Euch, erzählt mir das von Anfang an!» bat er, näher rückend.

Dem Mann fiel es schwer, ihn nicht stürmisch in die Arme zu schließen. «Ja, ich will es dir alles von Anfang an erzählen. Hättest du nicht dem Herrn Pfarrer Malina erzählt, wie Tante Razga dich gefunden hat und daß meine Frau ihr Söhnchen sucht, ich wüßte bis heute nicht, wo mein liebes Kind ist. Wie du weißt, ließ der Herr Pfarrer den Großvater zu sich rufen. Damals sagte er es dem Großvater, und er sagte es mir, und so habe ich endlich nach siebenjährigem Suchen meinen Mischko wiedergefunden. Aber du hast recht, ich muß dir von Anfang an erzählen, wieso ich um mein Kind gekommen war.»

Ach, am liebsten hätte Palko gar nicht zugehört, solch eine traurige Geschichte war das. Onkel Lesina sagte solch böse Dinge über sich selbst und war dabei so tief betrübt.

Die arme, arme Tante Lesina! Also darum war sie nicht

ganz bei Verstand – vor lauter Herzeleid! Ach, und dann hörte sich die Geschichte so ganz vertraut an, wie eine Tante den kleinen Mischko in den Bergen fand und sich seiner annahm. «Genau so, wie es mir erging», dachte er. Auch jener Knabe ging von einem Großvater auf den anderen über. Gute Leute nahmen ihn auf, für einen Gotteslohn.

Plötzlich hörte der Onkel auf, als wüßte er nicht mehr weiter und stützte den Kopf in die Hand. – In den Bergen wurde es still.

«Onkel, ist euer Knabe noch immer bei dem zweiten Großvater?» wagte Palko endlich zu fragen.

«Ja, Palko», entgegnete Lesina mit einem schweren Seufzer.

«Und warum holt Ihr ihn nicht lieber zu Euch, damit ihn die arme Tante nicht länger suchen muß?»

«Ja, Palko, ich weiß eben nicht, ob er mich zum Vater haben möchte, da ich so böse und sündig bin; ob er sich nicht vor mir fürchten würde, trotzdem ich ihm sicherlich nichts mehr zuleide tun würde. Seit jenem Tag habe ich keinen Tropfen mehr getrunken. Hier in den Bergen habe ich die Wahrheit Gottes und den Herrn Jesus gefunden, und er hat mir vergeben so wie jenem Zöllner im Tempel, aber – für meinen Sohn bleib ich wohl derselbe; und er weiß, daß er um meinetwillen ferne vom Mütterchen unter Fremden sein mußte, ja daß ich ihn in die einsamen Berge getragen habe. Wenn er sich nun vor mir fürchten und sich bei mir sehr unglücklich fühlen würde – was dann? Bei seinem Großvater fühlt er sich wohl, denn er ist an ihn gewöhnt. Und ich – trotzdem ich ihn sehr liebhabe, wie lieb, das weiß Gott allein – bin ihm noch fremd.»

«Oh, denkt nur das nicht!» sagte Palko, wobei er die Hände des Mannes ergriff. «Nehmt ihn nur zu Euch! Der Herr Jesus wird es schon geben, daß er Euch lieb hat und gern zu Euch gehen und sich nicht vor Euch fürchten wird.

Tantchen und ich, wir haben so viel gebetet, daß er uns ihn finden lassen möge. Ich wußte, daß er irgendwo unter den Leuten aufgehoben sein müsse. Da er uns erhört hat, wird er auch das übrige geben; habt nur keine Angst, Onkel!»

«Palko, und wenn es nun dich angehen würde», sagte plötzlich Lesina, «würdest du dich nicht vor mir fürchten? Würdest du den Großvater verlassen und zu mir gehen?»

Der Knabe atmete tief auf, stützte den goldhaarigen Kopf in die Hand und dachte ein Weilchen nach.

«Palko, würdest du dich nicht vor mir fürchten? Könntest du mich wohl ein klein wenig liebhaben?» fragte Lesina erwartungsvoll und zog ihn dabei näher zu sich.

«Nein, Onkelchen; ich würde mich nicht vor Euch fürchten, denn ich habe Euch lieb.»

«Du hast mich lieb, Palko? Du hast mich wirklich ein wenig lieb, trotzdem du weißt, was für ein böser Mensch ich bin?»

«Sprecht nicht so, Onkelchen, das tut mir weh!» bat der Knabe und legte seine kleine Hand auf den Mund des Mannes. «In einer Epistel, die ich dem Herrn Pfarrer vorlesen mußte, wo von allen möglichen bösen Leuten die Rede ist, stehen die Worte: ‚Und solche sind euer etliche gewesen.' Aber nun seid Ihr nicht mehr böse. Der Herr Pfarrer sagte auch, daß der Herr dem Zöllner, als er zu ihm kam, alles vergab, und daß der Zöllner von jenem Tage an ein guter Mensch wurde.»

«Aber bedenke, Palko, wenn du mein Knabe wärest, könntest du mir alles vergeben?»

«Vergeben? Was denn?» fragte der Knabe verwundert.

«Mußtest du denn nicht um meinetwillen, um meiner Sünde willen, elternlos, mutterlos unter fremden Leuten sein?»

«Ich könnte Euch wohl vergeben, Onkel, aber . . .» Der Knabe löste sich aus der Umarmung des Mannes, sprang auf und stand, die Hände auf die Brust gedrückt, vor ihm.

«Warum sagt Ihr mir das alles? Ich bin doch nicht etwa Euer Knabe?»

Wieder ward es ringsumher still.

Lesina warf sich zu Boden und bedeckte sein Antlitz mit beiden Händen.

«Onkel» – Palko kniete teilnehmend neben ihn hin und legte sein Köpfchen an seinen Arm –, «bin ich Euer Knabe?»

«Du bist es, mein Kind! Oh, ist das ein Schmerz für mich, daß ich mich dir so zu erkennen geben muß!» Kaum hatte der Mann diese Worte hervorgestoßen, da sprang er auf, schloß das Kind in die Arme und küßte es herzlich: «Mein Söhnchen, mein liebes Söhnchen!»

«Weint nicht, Onkel!» bat der Knabe, sich an ihn schmiegend. – Ach, was ging in dem kleinen Herzen vor!

«Ich bin nicht dein Onkel, nenne mich nicht so, nenne mich Vater, damit ich endlich diesen Namen höre! Nenne mich Vater, sage: Mein Vater!»

«Mein Vater, mein liebes, liebes Väterchen!» rief der Knabe und brach in Tränen aus.

Nun brauchte er sich nicht mehr zu sorgen, wohin er gehen würde, wenn der Großvater sterben sollte: er hatte einen Vater und eine Mutter. Wie war doch der Herr Jesus so gut!

Gar lange mußten sie in der Hütte auf die beiden warten. Aber als sie Hand in Hand eintraten und das helle Feuer sie beleuchtete, da erkannte der alte Juriga, daß sie als Vater und Sohn kamen, und sein Herz jubelte vor Freude.

*

Der fremde junge Mann wußte seinen lauschenden Zuhörern gar manches Schöne von seinem heimgegangenen Herrn zu erzählen. Sie werden wohl schwerlich jene Erzählung vergessen. Aber ob er wohl vergessen wird, was Lesina und Juriga ihm von dem verlorenen und wiedergefundenen Knaben erzählten?

«Siehst du, Palko», sagte er erfreut, «das ist geradeso wie in dem Märchen, das du mir erzählt hast. Auch jener Prinz fand, als er in die Höhle kam, das Sonnenland und seinen Vater. So ist es nun auch dir ergangen.»

Ein herrlicher Eingang ins «Sonnenland»

Der Herbst war gekommen, bevor ihn die Leute erwartet hatten. Ein vorzeitiger Frost hatte die letzten Blumen hinweggerafft. Der Gesang der Vöglein war verstummt. Die Schwalben waren in wärmere Länder gezogen und hatten den Sommer mitgenommen. Ihnen waren die Wildgänse gefolgt. Nur noch Schwärme krächzender Raben umkreisten jetzt die Berge, die ihr grünes Gewand verloren hatten. Manche Bäume waren noch mit gelbroten Blättern bedeckt, andere standen ihres Schmuckes beraubt da, und zu ihren Füßen breitete sich ein prachtvoller Teppich bunter Blätter aus.

Durch diese traurigen, einsamen Berge schritt der kleine Palko Juriga, wie ihn die Leute noch immer nannten, obwohl sie bereits seinen wahren Namen wußten. Als es plötzlich so kalt wurde, waren sie vorige Woche hinunter ins Dorf gezogen, und bei dem Umzug hatte der Großvater seinen Bohrer entweder verloren oder vergessen. Palko war hergekommen, um ihn zu suchen, und hatte ihn auch bald gefunden.

Es war nun wirklich sehr still in den Bergen. Die Hütten standen alle leer, nirgends war ein menschliches Wesen zu sehen. Um so freier liefen die Hasen umher, sprangen die Eichhörnchen von Baum zu Baum.

Der Knabe beachtete sie nicht, er rief nicht «Hallo» in die Berge, lachte auch nicht, ach nein. Das rosige, von goldenen Locken umrahmte Gesichtchen war so sinnend und ernst, daß ein Maler danach wohl das Bild des kleinen Knaben aus dem Tausendjährigen Reich der Bibel hätte malen können, der Bären und Löwen, Schafe und Ochsen miteinander treiben wird; denn dann wird auf Erden der König des Friedens regieren, und alle Nationen werden ihn preisen. Unter seiner Herrschaft werden die Völker sich nicht mehr in grausamen Kriegen morden, sondern sie werden ihre Schwerter zu Pflugscharen machen, um ihre schöne Erde besser bearbeiten zu können. Und da diese neue Erde nicht mehr mit Menschenblut getränkt sein wird, wird ihr Getreide wohlgeraten und die Auen werden voll von Korn stehen, so daß man jauchzen und singen wird. Das alles aber darum, weil die Erde voll sein wird von der Erkenntnis des Herrn.

An was mochte Palko wohl denken? – Ach, er hatte genug Stoff zum Nachdenken. Gleichwie man ein zu Ende gelesenes Buch von Anfang an durchblättert, so ließ er seine Erlebnisse vom Frühjahr an bis zum heutigen Tag an seinem geistigen Auge vorüberziehen.

Wer hätte ihm das jemals gesagt, daß er einen Vater haben würde, und einen solchen Vater, um den ihn jeder Junge beneiden konnte! Und daß er solch einen guten Großvater haben würde, der weder schimpfte noch fluchte und mit dem der Herr Jesus wohl in einem Hause wohnen konnte! Und wer hätte ihm vor allem gesagt, daß er ein Mütterchen haben würde – und was für ein Mütterchen, wie es wohl kein zweites in der Welt gab! Das war nicht mehr die schwermütige Tante Lesina, die aus dem Hause davonlief. Der Herr Jesus hatte sie erhört, als Väterchen und er inbrünstig zu ihm gebetet hatten: er hatte das Mütterchen ganz, aber auch ganz gesund gemacht.

Und seit vergangener Woche hatte Palko noch jemanden, der ihn auch sehr lieb hatte, das war Großmutter Lesina. Oh, die gute Großmutter! Da war wieder jemand, dem Palko den Weg zeigen durfte in jenes Land, wo es keinen Herbst mehr geben wird, wo die Sonne nicht untergeht.

Der Vater war drei Wochen fortgewesen; daheim hatte er alles vermietet, er hatte die Großmutter und einiges Hausgerät mitgebracht, und nun wohnten sie alle bei Großvater Juriga. Palko brauchte den Großvater nicht zu verlassen, sie alle wollten ihn pflegen, bis eines seiner Kinder aus Amerika heimkommen würde, oder bis zu seinem Tode.

Der Großvater hatte in einem Teil seines Hauses einen Mieter gehabt; aber der hatte sich ein eigenes Häuschen gekauft: nun gab es Raum genug. Aus der Kammer hatten Großvater und Vater eine Werkstatt hergerichtet. In den Stuben wohnten sie beisammen.

Die Mutter und die Großmutter hatten das ganze Haus gereinigt. Der Vater und der Großvater hatten es so hübsch hergerichtet, daß es von außen und innen kaum wiederzuerkennen war. Auch Palko konnte bald den Männern, bald den Frauen etwas helfen, denn alle hatten ihn gern, und er war allen gern behilflich.

Die Großmutter hatte sich das Spinnrad mitgebracht; im Winter wollte sie spinnen. Die Mutter dagegen wollte alles Nötige nähen und flicken, und Palko sollte sogar ein gesticktes Hemd bekommen. Er dagegen würde ihnen abends und in seiner schulfreien Zeit vorlesen. Auch wollte er schon ein wenig das Handwerk lernen.

Wie war es doch so gut, daß er sich nun nicht mehr zu sorgen brauchte, daß er den Großvater so viel kosten würde! Nun hatte er einen Vater, und das war eben doch ganz anders.

Wie war doch der Herr Jesus so gut!

«Das hast du alles getan, Herr Jesus! Wenn wir dich nicht gefunden hätten, dann wäre das niemals so mit uns gekommen.» Palko mußte denken, wie er nur früher habe leben können ohne den Herrn Jesus zu kennen.

«Wovon hatten wir uns eigentlich zu erzählen», dachte er, «wenn wir das heilige Buch nicht hätten?»

Als ihm dieses Buch einfiel, beschleunigte er seinen Schritt. Er ging in seine Höhle. Er hatte nämlich beim Abschied sein Büchlein dort gelassen. Aber der Großvater hatte ihm später gesagt:

«Das hast du nicht gut gemacht, Junge. Im Winter wird niemand in die Höhle kommen; so der Herr uns das Leben schenkt, kannst du es im Frühling wieder hintragen. Es ist ja wahr, wir haben nun eine andere Bibel, und es mag sein, daß es dann wieder so ein unwissender Mensch findet, wie wir es einst waren; mag ihm dann das Büchlein dienen, so wie es uns gedient hat.»

Nun holte Palko mit Freuden sein geliebtes Buch, denn es war ihm sehr schwer gefallen, sich davon zu trennen. Wäre es nicht anderen zuliebe gewesen, er hätte es nicht übers Herz gebracht.

Palko lief in die Hütte, nahm das Büchlein, und seine Blicke glitten abschiednehmend über das liebe Plätzchen. Er konnte sich von dem Ort kaum trennen; obwohl es auf der Wiese keine Blumen mehr gab außer einigen vereinzelten Herbstzeitlosen, war es hier doch recht hübsch. Warm und freundlich schien die Herbstsonne nach den trüben, kalten Tagen. Palko war dieses Stückchen Erde sehr ans Herz gewachsen. War doch hier, obwohl heute unsichtbar, die schöne Himmelspforte, die sich hinter seinem guten Herrn Pfarrer geschlossen hatte.

Es ging Palko sehr gut auf der Welt; aber wenn er an den Herrn Pfarrer dachte, wurde ihm stets so schwer ums Herz. Immer wieder, auch heute, mußte Palko daran denken, wie der Herr dennoch das Gebet seines Knechtes erhört hatte. Er hatte sich – obwohl er nicht gesund geworden war – in Christi Dienst verzehren dürfen, wie die Kerze auf Gottes Altar. Und so wie eine Kerze war sein Leben erloschen.

An jenem Montag, als Palko ins Pfarrhaus zurückkehrte, freute er sich sehr mit ihm, daß er seine Eltern gefunden hatte. Durch die Frau Försterin, die gerade zu Besuch gekommen war, ließ er sie einladen, und so kamen sie denn alle, Vater, Mutter und Großvater. Der Pfarrer sprach eingehend und betete auch mit ihnen. Der Großvater konnte jenes Gebet bis heute nicht vergessen.

«Ihr seid evangelisch, ich bin katholisch», sagte er zum Abschied. «Aber denen, die Christus aufnehmen, gibt er Macht, Gottes Kinder zu werden, sie sind einander gleich; und im Himmel, wohin ich nun gehe, wird es keine Unterschiede geben. Bleibt ihm nur treu, damit wir uns dort wiedersehen.»

Dienstag und Mittwoch schien es ihm viel besser zu gehen; er ging sogar langsam in der Stube auf und ab. Palko und alle anderen waren ganz glücklich darüber.

Er ließ sich von dem jungen Kaplan in die Kirche führen, und dort betete er am Altar. Dann sprach er in lateinischer Sprache zu seinem Nachfolger; es war, als ob er ihn um etwas bitten wolle. Palko verstand ihn erst, als er auf Slowakisch fortfuhr:

«Versprich mir, mein Bruder, daß du ihnen dies Andenken an mich nicht nehmen wirst. Ich habe ihnen das gegeben, was mich gelehrt hat, selig zu sterben.»

Palko sah, wie der junge Kaplan dem Herrn Pfarrer die Hand gab, und dann kniete der Pfarrer abermals zum Gebet nieder.

Am nächsten Tag verlangte ihn wieder ins Freie. Es war so schön, daß der Doktor selbst ihn in den Garten führte. Warm gekleidet saß er im Lehnstuhl. Auf einem kleinen Tischchen stand das Frühstück. Als seine Schwester hernach den Tisch abräumte, sagte er:

«Nun kann mir Palko etwas erzählen: dann will ich in

der schönen, guten Luft ein wenig schlafen; sie schläfert mich ein.»

«Schön, mein lieber Bruder», erwiderte sie und drückte einen Kuß auf seine Stirn. «Inzwischen will ich dein Zimmer gründlich lüften und dein Bett machen.»

«Der Herr Jesus vergelte dir und deinen Kindern deine Liebe!» rief er ihr noch innig nach.

Als sie allein waren, zog er das Neue Testament hervor und sprach: «Lies mir vor von unserem ‚Sonnenland', Palko!»

Nun las Palko in dem wunderbaren Buch der Offenbarung Johannes von der schönen Stadt, die weder der Sonne noch des Mondes bedarf, und dann von dem Strom des Lebens. Der Pfarrer erklärte es ihm und fügte am Schluß hinzu:

«Mein Palko, was wir auch dort Schönes finden werden, wenn wir in dieses ‚Sonnenland' kommen, das Schönste wird der sein, der auf dem Thron sitzt, Jesus, das Lamm Gottes.»

Dann faltete er die Hände und schloß die Augen, wie er zu tun pflegte, wenn er betete. Palko kniete neben ihn hin und betete auch. Aber da dieses Gebet heute so lange währte, blickte er auf. Der Kranke ließ den Kopf herabhängen und schlief so still. Palko wurde so seltsam, so feierlich zumute. Er wagte kaum zu atmen, um ihn nicht zu stören. Vorher hatte eine Wolke von Traurigkeit auf des Pfarrers Antlitz gelegen, aber jetzt hatte er wohl einen schönen Traum, denn er lächelte glückselig.

Palko vernahm Schritte. Er blickte auf und gab dem Herrn Kaplan ein Zeichen, leise herzukommen. Aber kaum hatte sich dieser über seinen Freund gebeugt, da schrie er auf, daß es durch den ganzen Garten tönte.

Ach, Palko konnte es gar nicht glauben. Der Herr Pfarrer schlief nicht – er war tot. O wie war das so traurig!

«Warum weine ich?» sagte er plötzlich. «Es geht ihm ja

dort so gut. Der Herr Jesus ist gekommen und hat ihn zu sich genommen. Nun hat er schon alles gesehen, auch ihn, den Schönsten auf dem Thron des Lammes. Er hat auch schon jenen Unbekannten getroffen, der uns das Buch geschenkt hat, und ihm auch sicher für mich gedankt.» –

Palko blickte zur Himmelspforte empor, und, den Kopf in die Hand stützend, träumte er davon, wie es wäre, wenn der Herr Jesus kommen würde, auch ihn zu holen, und er würde heimgehen dürfen ins wahre Sonnenland.

In der Reihe H (»Heimatlicht«) in der Edition C sind erschienen:

Helene Hübener, REICH IN GOTT
Edition C, Nr. H 1, 248 Seiten

Helene Hübener, MARIA UND LISA
Edition C, Nr. H 2, 256 Seiten

Helene Hübener, VERSCHLUNGENE WEGE
Edition C, Nr. H 3, 224 Seiten

Helene Hübener, ES MUSS DOCH FRÜHLING WERDEN
Edition C, Nr. H 4, 336 Seiten

Helene Hübener, DREI FREUNDINNEN
Edition C, Nr. H 5, 160 Seiten

Helene Hübener, UNTER EINEM DACH
Edition C, Nr. H 6, 224 Seiten

Helene Hübener, AUS DEM LEBEN EINER WAISE
Edition C, Nr. H 7, 248 Seiten

Helene Hübener, IM ROSENHAUS
Edition C, Nr. H 8, 208 Seiten

Charlotte Woerner, VRENELIS GOLDENES HÄMMERLEIN
Edition C, Nr. H 9, 136 Seiten

Charlotte Woerner, GEISSEN-KASPARS GROSSES ERLEBNIS
Edition C, Nr. H 10, 80 Seiten

Charlotte Woerner, GEISSEN-KASPARS NEUE HEIMAT
Edition C, Nr. H 11, 200 Seiten

Rosa Sauer, DER SCHATZ IM ACKER
Edition C, Nr. H 12, 160 Seiten

Bertha Schmidt-Eller, HAUS GUDELIUS
Edition C, Nr. H 13, 184 Seiten

Käthe Dorn, DAS WEISSE KLEID
Edition C, Nr. H 14, 64 Seiten

Margarete Lenk, DES WALDBAUERN FRIEDEL
Edition C, Nr. H 15, 120 Seiten

Kristina Roy, OHNE GOTT IN DER WELT
Edition C, Nr. H 16, 64 Seiten

Helene Hübener, GROSSMÜTTERCHEN
Edition C, Nr. H 17, 280 Seiten

Wilhelm Jörn, ANNEGRET STELLT DAS HAUS AUF DEN KOPF
Edition C, Nr. H 18, 112 Seiten

Helene Hübener, TANTE HEDWIG
Edition C, Nr. H 19, 272 Seiten

Käthe Dorn, DIE SCHÖNSTEN HÄNDE
Edition C, Nr. H 20, 64 Seiten

Kristina Roy, IM SONNENLAND
Edition C, Nr. H 21, 128 Seiten

Weitere Titel in Vorbereitung

»DIE GOLDENE REIHE« – Christliche Erzählungen von einst und jetzt

Anna von Blomberg, WALDSTILLE UND WELTLEID
Edition C, Nr. E 1, 260 Seiten

Anna von Blomberg, REGGFIELDS TOCHTER
Edition C, Nr. E 2, 192 Seiten

F. A. Hoffmann, WENN WIEDER WEIHNACHTSROSEN BLÜHEN
Edition C, Nr. E 3, 80 Seiten

Richard Wolf, BIS ANS ÄUSSERSTE MEER
Edition C, Nr. E 4, 576 Seiten

Anne de Vries, IHNEN IST ERSCHIENEN
Edition C, Nr. E 5, 112 Seiten

Elizabeth Edwards, TÄUSCHUNGEN
Edition C, Nr. E 6, 240 Seiten

Helene Christaller, ALS MUTTER EIN KIND WAR
Edition C, Nr. E 8, 248 Seiten

Kristina Roy, UM HOHEN PREIS
Edition C, Nr. E 9, 304 Seiten

Lois Henderson, ABIGAIL
Edition C, Nr. E 10, 208 Seiten

Helene Christaller, PETERCHEN
Edition C, Nr. E 11, 176 Seiten

Elisabeth von Maltzahn, DER GOTTESSCHATZ
Edition C, Nr. E 12, 192 Seiten

Elisabeth Zentz, MÜTTER IN DES MEISTERS HAND
Edition C, Nr. E 13, 160 Seiten

Dorothea Hollatz, NUR DURCH EINE TÜR GETRENNT
Edition C, Nr. E 14, 480 Seiten

Helene Christaller, GOTTFRIED ERDMANN UND SEINE FRAU
Edition C, Nr. E 15, 320 Seiten

Weitere Titel in Vorbereitung